# 黒い森の記憶



赤川次郎

角川文庫
21335

# 目次

# 第一章　家

## 1

なだらかな山の斜面を、霧が降りて行く。そのゆっくりとした、しかし停滞することのない動きは、着実に獲物へと近付いて行く猛獣にも似ている。

夜が明けきれば白いはずの霧も、今はまだ灰色の、埃《ほこり》にまみれたような色をしていた。

霧の底から、谷川の流れが、呟《つぶや》き続けているのが聞かれる。

山間《やまあい》に流れ込んだ霧の白い流れが、やがて、密集した森を見出《みいだ》す。黒い、岩のように見える、木々の壁である。

来る者を拒み続けているような、分厚い、密生した森である。

霧はためらわずに、その黒い塊へ向って進んで行った。まるで森が大きく息を吸い込んだように、霧は森の中へと吸い取られて行った。

森の中は、まだ真夜中の暗さだ。霧はわずかに灰色の鈍い光を放ちながら、木々の間、枝々の間、葉と葉の、目に見えないほどの隙間を、千々に裂け、細い糸となって流れ続けた。地を這《は》うものは、暗い色の、際限なく長い蛇のように、幹の、根の隙間をうねって行った。

霧を受け止めて、葉が濡《ぬ》れた。細かい水滴が葉の表面をビロードのように包んで、やがて、微《かす》かな一揺れが葉脈に水滴を集めると、つと流れ落ちた。

霧が無言で通り抜けた後に、滴の落ちる音が、点々と続いている。

濃い緑の緻密《ちみつ》なフィルターをくぐり抜けて、霧は薄らぎつつあった。底知れぬ深淵《しんえん》が横臥《おうが》したような、黒い森は、いつ果てるとも知れなかった。

——突然、唐突に森は尽きた。

霧は再び草原へと流れ出ていた。いく千の流れが、再び一つに溶け合って、ずっと薄れてはいたが、ともかく再び流れを成していた。

それは黒い森が朝まだきの冷たい大気へ、そっと白い息を吐いたかのように見えた。

草原の向うに、一軒の家がある。霧は、その家へ向って進んでいた。

家、というよりは、コテージ——山小屋といった方が似合う、木造の建物だった。砂利を敷いた道が、その前まで辿《たど》り着いて、途絶えている。そこから三段の階段があって、板張りのポーチが、建物の周囲を取り囲んでいる。

木の色が、そのまま古びた、質朴な印象の家だ。ポーチの下には、もうすっかり錆《さ》び切った自転車が、倒れたなりに放置してある。

霧の流れが、その家に指先を伸ばしかけたとき、太陽が山の裂け目にのぞいた。

灰色の世界に、色彩と輝きが戻った。

白い霧は朝日の中で、一瞬きらめいたが、朝を告げる鐘を聞いた、ワルプルギスの妖怪《ようかい》たちのように、目に見える速さで、消えて行く。ついに、辿り着けなかった、その家へと、にじり寄りながら……。

朝の光が、黒い森の上にも降り注いだ。濡れた葉が、きらきらと光る。鳥の声が、冴《さ》え冴《ざ》えとした、湿った大気を渡って行く。

家の側面が、朝の光を浴びて、老いた肌をさらけ出している。窓が、三つ並んでいて、家の造りから言えば一番奥に当る窓には、色褪《いろあ》せて、最初の色も定かでないカーテンが下がっていた。

窓に、隙間でもあるのか、そのカーテンが微風に、わずかに動いた。

窓に切り取られた四角い光が、カーテンに映っている。

部屋自体は、まだ夜の暗さに包まれていた。

そう広い部屋でもない。飾り気もない、殺風景な四角い部屋である。

壁に、三枚の写真がある。一枚は額に納まり、ガラス板をはめて、丁寧に釘《くぎ》にかけてあるが、後の二枚は、画鋲《がびょう》で止めてあるだけだ。

額に入っているのは、かなり古いモノクロの写真で、どこかの写真館で写したものに違いない。気取ったポーズをしているのは、背広、ネクタイ姿に白衣をはおった、二十五、六の青年だった。きっちりと七三に分けて撫《な》でつけられた髪、広い額、太い眉《まゆ》と、鋭い眼差《まなざ》しは、こんなピントの甘い古い写真からも見て取れる。少し斜めに立って、右手は白衣のポケットに突っ込み、左手は椅子の背に置いている。

椅子に座っているのは、二十代も初め――おそらく、やっと二十一、二という若い女性で、丸々とした、愛くるしい顔立ちであった。目が大きく、びっくりしたようにレンズを見つめている。口もとには、幸せそのもののような笑いが浮かんで、厳しい男の表情とは対照をなしていた。

女性の方は、えりの広いスーツ姿で、白っぽい――おそらく白いスーツに、白いブラウスという服装である。膝《ひざ》に置かれた、多少指の短い、太った手の右の薬指には、婚約指環らしいものが光って見えていた。

その写真を挟んで、右には女の子の写真が貼ってある。七、八歳か、割合にひょろりとした女の子で、髪を長く垂らして、カメラに向って、バレリーナのような、腰を落としたおじぎをしている所だった。

ただし、それもかなり古い写真のようで、素人の写したカラー写真らしく、キャビネまで引き伸ばしたので多少輪郭はぼやけているし、変色して、隣のモノクロよりも古ぼけて見えるほどだった。

反対側に貼ってあるのは、ごく新しい、母と子の風景だった。手札程度の大きさだが、鮮明で、色も美しい。赤ん坊を抱いているのは、二十四、五歳の女性だが、古いカラー写真の少女らしいことは、目もとや口もとに残る面影で分る。赤ん坊は男か女か、ともかく冬の写真らしいので、フードのついたロンパースに包まれて、母親にしがみついている。目もとが母親似らしかった。

——部屋の装飾といえば、この三枚の写真だけで、そもそもが日本間で言えば六畳程度の広さだろうか、板がむき出した床は、所々新しい板を打ちつけて補修してあるし、壁も味気ない無地の壁紙を貼ってはあるが、方々が破れたり、角がめくれ始めていた。雨が伝い落ちることがあるのか、天井の隅から、壁紙へと茶色い筋が走っているのが目につく。

置かれているものといえば、書き物机、固い木の椅子、それにベッドだけだ。

机の上には、まだ封を切っていない、大型の封筒が重ねてある。傍に積まれた〈医学新報〉という、味気ない表紙の雑誌の大きさから見て、その封筒の中味も、おそらくそれであろうと想像がつく。

他には空になったインクびん。ボールペン、万年筆……。机の上は雑然としているが、使いながらの雑然とした感じではなく、埃をかぶるままにしてあるという印象を与える。

——部屋の中に聞こえる音といえば、時計の秒針がせわしなく時を刻み続ける音と、静かな寝息だけだった。

毛布が波打って、呻《うめ》くような声がした。

やがて、そろそろと手が伸びて、ベッドのわきの台——もともとは電話台らしい——の上の旧式な丸型の目覚し時計を取った。骨ばって乾いた、しみの浮かんだ手である。

ふっと、ため息に似た息遣いが洩《も》れると、時計を台へ戻して、また手は毛布の下へ潜った。

——なお十分近く、毛布は規則正しい上下をくり返していたが、窓に射す光が少しずつ明るさを増して、部屋の中へと朝を押し広げるにつれ、手が毛布から出て、それから、ベッドの中で、もぞもぞと動き始めた。

別に、何のきっかけがあったというわけでもないのだが、老人が起き上った。

眠っているよりは、疲れたような表情で、生欠伸《なまあくび》をすると、両手で目を押えた。大きく息を吐き出して、頭をぐるぐると回す。

——六十歳にはなっていよう。白い髪は、額の上で多少禿《は》げ上っているが、量は割合に豊かだった。半白の太い眉の下の眼は、ただの老人とは見えない、知性を感じさせる。口ひげを生やしていたが、それが一見教職にでもあるような、一種の威厳を、この老いた、しわの深く刻まれた顔に与えていた。

老人は、目覚し時計のわきにあった、メガネを取ってかけると、今度は大きな欠伸をした。

それから、部屋の底冷えする寒さに気付いたように、身震いをした。

毛布を足で下へやって、座ったままぐるりと向きを変えると、足を床に降ろして、スリッパを探った。——が、足がスリッパに一向触れないので、

「何だ……どこへ行った？」

と呟きながら、裸足《はだし》のまま床に立って、周囲を見回した。「また下へ蹴込《けこ》んだのか……」

床に膝をついて、ベッドの下へ手を入れると、スリッパを取り出す。

両手を腰にあてて、上体をそらしながら、窓辺へ寄ると、埃だらけらしいカーテンの端をそ

っとつまんで、開けた。

朝が部屋を満たした。


卵がフライパンに落ちて、ジュッと、びっくりするほど大きな音をたてる。

老人は慣れた手つきで、目玉焼を皿へ滑り込ませた。毎朝の手順なのだろう。その皿をテーブルへ運んで行くと、すぐにやかんをかけてあったガスの火を止める。確かめるまでもなく、湯はちょうど沸騰したところだ。

老人は、茶色のスポーツシャツに、グリーンのカーディガンを着て、すっかり折り目の消えたグレーのズボンをはいていた。

貧しさ、見すぼらしさは感じられないが、こまめに着替えているという印象ではない。

台所は、やはり六畳ぐらいの広さがあって、二人用のダイニングテーブルと、椅子が置かれていた。老人は、流し台の上の吊《つ》り戸棚から、インスタントコーヒーと、コーヒーカップを出して来て、薄いコーヒーを作った。余った湯をポットへ入れ、テーブルの上のオーブントースターを開いて、ちょうど焼けたトーストを取り出す。

決りきった手順らしく、ためらいも迷いもなく、やってのける。その代り、椅子に座って食べ始めても、味わうという様子ではない。

ただ機械的に食べ、コーヒーで胃へ流し込んでいる。

ベッドのわきにあった目覚し時計がテーブルに置かれていた。その横に、少々時代物のポータブルラジオ。

老人は時間を見てラジオのスイッチを押した。ちょうど時報が鳴った。

「八時のニュースです。政府は今日——」

ひび割れた声が流れ始める。老人はコーヒーをもう一杯作ると、ゆっくりとそれをすすりながら天井を眺めていた。

ローカルニュースになると、老人はラジオへ注意を戻して、少しヴォリュームを上げた。却《かえ》って雑音がひどくなったようだが、構わずに聞き入る。

「××県の県境い近くの林の中で今朝早く、少女の死体が見付かりました。警察の調べによりますと、少女は十二歳ぐらい。身長百四十二センチ、体重は三十八キロ。髪は長く、赤いセーターに、グレーのスカートをはいているということです。死体は暴行された形跡があり、首の回りに、紐《ひも》のような物が食い込んだ跡もあるため、暴行殺人事件として捜査を開始、被害者の身許《みもと》の確認を急いでいます」

老人はコーヒーを飲みほした。ラジオの声は一息おいてから続いた。

「警察では、今朝の事件がここ二年間に起きた同一犯人によると見られる四件の少女暴行殺害事件と同じ犯人の犯行とも考えられる、としています。前の四件の事件については捜査が難航しており、犯人逮捕の見通しも全く立っていないところへ今度の事件で、警察の捜査方法などをめぐって、批判の声が高まりそうです。では次に——」

老人は唇の端をちょっと歪《ゆが》めて笑うと、

「文句を言う奴はいつだって言うんだ。気楽なもんさ」

と言った。ラジオを止めると、静寂が戻って来る。

老人は台所で、使った皿とカップを簡単に洗った。洗うといっても一つずつだ。一分とかからずに洗い終える。

老人は台所の一番奥の隅に置かれた、冷蔵庫を開けてみた。ハム、サラダ、ベーコン、牛乳、バター、チーズ……。どれも一応はまだ残っている。

「卵と……納豆、ソースかな」

と呟《つぶや》くと、老人は台所を出た。玄関のドアから直接続いた、八畳ほどの広さの居間に入る。ここだけはカーペットが敷かれていて、ソファとテーブルが置いてある。黒い革張りのソファに座ると、テーブルの上の電話を取った。

「卵と納豆と……ええと、ソースだな」

とくり返しながら、ダイヤルを回す。「——ああ、新条《しんじょう》だがね。——そう、森のそばの。——ちょっと届けてほしい物があるんだ。——うん、卵、納豆、それに……」

言いかけて老人は詰まった。

「ええと……何だったかな。もう一つあったんだが……」

と、受話器を持っていない右手の指先で、額をトントン叩《たた》いている。何とか思い出そうと苛《いら》立《だ》った声で、

「何だったか……。すまん、ちょっと、度忘れしてしまった。——ん？　そうそう。それだよ。

いや、そっちの方が良く分ってるな」

老人は軽く笑った。「ああ、それも持って来てもらおうか。――うん、いつもの通り、置いといてくれ。いくらになる？――そうか。待ってくれ、また忘れそうだ」

老人は受話器をテーブルに置くと、台所へ行って、メモ用紙とボールペンを取って来た。

「いくらだね？――分った。じゃ、よろしく頼むよ」

メモを取ると、老人はそう言って、電話を切った。そして、軽く首を振りながら、呟いた。

「もう年だな、全く……」

――居間は、寝室や台所の、見すぼらしいと言ってもいいような簡素さに比べると、ずっと居心地よく造られている。ここだけが、まるで別の家のようだった。明るいクリーム色の壁紙が、天井にも貼ってあって、モダンなデザインの蛍光灯が下がっている。カーペットも新品とは言えないまでも、充分に厚みと、足の下で沈むだけの弾力性を保っていた。

しかし、飾り気のないのは、この部屋とて同じである。どことなく寒々として、家庭的な暖かさとは、およそ縁遠い部屋であった。

老人は、電話を終えた後、しばらくぼんやりとソファに座っていたが、

「今日は……水曜だったな」

と呟いた。「掃除の日だ……」

やめておこうか、とでもいうように、老人の眼が、居間の床を見回す。

「一度さぼると、癖になるからな」

自分へ言い聞かせるように、そう言って老人は立ち上った。

旧式のせいで少々音のうるさい掃除機が、床を這《は》って行く。

寝室の床を、老人は掃除していた。コードが台所から長くのびて来ている。――ベッドの下、机の下。時折、腰を伸ばすために手を休めながら、老人は熱心に掃除を続けた。

机の上の、本と封筒の山には、手を触れる気がしないらしい。一旦《いったん》、掃除機を止めると、ふっと息を吹きかけて、表面の埃《ほこり》を吹き飛ばし、舞い上る埃に、あわてて二、三歩後ろへ退がった。

埃が、窓から射し入る陽光の中で、不思議な踊りを舞っている。

老人は少し待って、再び掃除機のスイッチを入れた。モーターの唸《うな》りが、埃をかき乱したように見える。

玄関前の、ポーチへ、ドサッと包みが投げ出された。茶色の小包み用の紙に包まれた、四角い箱で、十字に紐がかけてある。それに、さらに紐がかけられ、その間に、白封筒が挟み込んであった。

自転車の音が、砂利道を遠ざかって行く。

老人は掃除機のスイッチを切った。玄関の物音に気付いたようで、掃除機はそこに置いたまま、寝室を出て、玄関へと急いだ。

チェーンを外し、鍵《かぎ》を開けて、ドアを引く。

足下に、紐でくくった郵便物が転がっていた。

「乱暴な奴だ、全く」

と腹立たしげに呟くと、それを拾い上げた。「壊れ物だったらどうする……」

ぶつぶつ言いながら、ドアを閉め、元通りに、鍵とチェーンでロックを終えると、立ち止まって、白い封筒を抜き取った。封筒の差出人へはチラリと目を向けただけで、老人の興味は、四角い包みに移ったようだった。

縦横が、三十と二十センチ、高さが十五センチほどの、箱の形をしている。――差出人の名は、途中で濡《ぬ》れたものか、流れて、黒い汚れにすぎなくなっていた。

老人はその包みを手に、居間のソファへと歩いて行ったが、十字にかけてある紐が、かなりきつく張っているのを指に引っかけて確かめると、包みはテーブルに置いたまま、台所へ行って、カッターナイフを手に、戻って来た。

紐を断ち切って、包み紙を破く。意外に頑丈なのか、かなり手こずって、ついにカッターナイフで、包み紙まで切り裂くはめになってしまった。ジーッと音を立てて、紙が左右に裂けると、白いボール紙の箱が出て来た。

包み紙をわきへ押しやると、老人は箱の蓋《ふた》をそっと外した。

――人形が老人を見上げている。よく、缶詰の詰め合せなどに入っている細かいセロハンの屑《くず》のような詰め物の中に、半ば埋もれるようにして、しかし顔ははっきりと、見えるようになっていた。

老人はしばらく呆気《あっけ》に取られた様子で、人形と対面していた。

女の子の、ごくありふれた人形の顔だった。新品ではないとみえて、白い顔が、大分すすけて汚れている。プラスチックの、大きく見開いた眼。眉《まゆ》や、まつ毛は、描いてあった。金髪は、いかにも作り物めいた、安っぽい光沢で、唇の紅色が、半ばかすれて消えかけている。

老人は、詰め物の中から、人形を取り出してみた。――やはり、どこといって変哲のない、人形である。

ピンクの服に、赤い靴をはいて、特徴らしき所といえば、左の手首に、金の腕輪をはめていることぐらいだろう。

老人は、人形を裏返しにしてみたり、逆さにしてみたりしたが、一向に、どうといって変った所もない。しばらく考え込んでしまった。

それから、わきへのけておいた包み紙を取って、宛名を見返す。

手馴《てな》れた字で、〈新条幸造《こうぞう》様〉とある。

「何のつもりだ……」

とさじを投げたように、人形をテーブルへ置こうとして――ふと、目を近付けた。

人形の服の、ちょうどお腹のあたりが、一旦切り開いて、また縫いつけてあるのだ。指で触れてみても、縫い目がひどく粗いので、初めからこうなってはいなかったのだということはすぐに分る。

縦に三センチほどだ。――老人はちょっと考えていたが、すぐに心を決めたように、カッターナイフを手に取った。

左手で人形を持ち、右手に持ったカッターナイフの先を、糸で縫い合わせた裂け目へと当てる。ちょっと人形の顔を見て、

「後でまた縫ってやるからな」

と話しかけた。

そしてカッターナイフの先を、ぐいと人形の腹へ切り込んだ。ビュッと音がして、真っ赤な血が飛び散りながら溢《あふ》れ出た。

老人は息を呑《の》んで、ナイフも人形も、床へ放り出した。

左手に血が垂れていた。放り投げた拍子に、人形の腹から流れ出た血が、カーペットに帯を描いていた。

2

「血じゃない。――ただの赤インクだ」

必死で左手についた人形の血を洗い落としながら、老人の顔はまだ青ざめていた。

「何ていたずらだ！――全く性質《たち》が悪い」

と吐き捨てるような調子で言って、タオルで手を拭《ぬぐ》った。

苦々しい表情で息をつくと、老人は、居間へ戻った。

人形もナイフも、カーペットの上に、投げ出したままになっている。ソファに座って、しばらく人形を見つめていた老人は、そっと手をのばして、まずナイフを、それから人形を拾い上げた。

「——人騒がせな奴だな、お前も。どこから来たんだ?」

ナイフの先で、人形の裂かれた腹を探ってみると、小さなビニールの袋が出て来た。これに、赤インクをつめて、人形の腹に埋め込んでおいたものらしい。

老人は首を振って、呟《つぶや》いた。

「分らん……」

そして人形を、箱の中へ放り込むと、一つ息をついて、それから白い封筒を手に取った。

差出人は、〈宮里久仁子《みやさとくにこ》〉とある。

老人は封を切って、手紙を広げた。あまり巧《うま》いとは言えない字で、しかし、それなりに一つのスタイルではある字だ。


〈お父さん、元気?

私は病気なんかしてる暇もありません。美子《よしこ》が伝い歩きをするようになったのよ!

本当に早いものです。でもそうなると、今度はどこへでも一人で行ってしまうので、一時も目が離せないの。

親って商売は結構大変ね。

写真送ろうと思ったけど、どうせなら立って歩いてるところの方がいいでしょう？　撮ってはあるけれど、まだ焼き付けてないの。ちゃんと写ってれば送ります。

ところで、わが夫が、初孫の美子を田舎の両親に見せたいと言い出したの。本当に、双方ともに初孫なのに、どっちも冷たいんだから。

今月の末に、一週間くらい病院を閉めて、車であちらの実家へ行くつもり。それで、帰りには、ちょっと遠回りになるけど、お父さんの所に寄ろうと思ってるの。美子も見せたいし、色々話したいこともあるし……。

何しろ、お父さんがそこへ引きこもっちゃって、もう二年でしょう。その間、ずっと会ってないんだものね。

手紙や電話じゃどうしてももたつくし、会うのにいい機会だと思って、回ることにしたの。いくら孤独の好きなお父さんでも、孫の顔ぐらい、見たっていいでしょ？

それから——前にも書いたこと、考えてくれたかしら？

お父さんはまだ充分現役の医師としてやれると、わが亭主は言ってます。決してお父さんをこき使おうとか、そんな気はないのよ。本当に忙しいときだけ診てくれればいいし、助かるの。

それから、前の手紙では書かなかったけど、世間の目ってものがあるのよ。口やかましい人から言われると、こっちも辛《つら》いの。

はたから見れば、何だか、主人と私で、お父さんを追い出して病院を我が物にしちまったように見えるらしいのね。

お父さんが帰って来てくれれば、こちらも肩身の狭い思いはしなくて済むし、同居が嫌なら、マンションでも買ってあげる。

近所になかなか趣味のいいマンションがあるのよ。お父さんにはぴったりだと思うし、人付き合いが嫌なら、閉じこもってれば同じことでしょ。

でも、本当に、お父さん、どうしてそんなに人間嫌いになっちゃったんでしょう。お母さんが亡くなった後だって、そんな風じゃなかったわ。私には、そんな山の中へ閉じこもって何がいいのか、さっぱり分らない。

自分から、そんな風に人を遠ざけて、早く老け込んじゃうわよ。まだまだお父さんの年齢なら、何だってやれるし、旅行だってできる。面白いことが一杯待ってるじゃないの。

そんな隠者みたいな生活はやめて、東京へ戻ってらっしゃいよ。ね？

ともかく会ってゆっくり話します。今は保険の事務で忙しいの。一応人は雇っているんだけど、こっちも時々は覗《のぞ》かなくちゃいけないし。

そうそう、先日板谷《いたや》さんがみえたわ。お父さんがいないとはご存知なかったようよ。お父さん、お友達にはそこから手紙を出すと言ってたのに、出してないの？

板谷さんにそこの住所は教えてあるから、その内手紙でも行くと思うわ。まだ少しも老けてらっしゃらないし、却《かえ》って若返ったみたいに顔の艶《つや》がいいの。やっぱり、ご自分で総合病院を経営なさってるんで、年なんか取っちゃいられない、と笑ってらしたわ。

お父さんもぜひ見習ってちょうだいね。

じゃ、そっちへ寄る日が分ったら、電話します。

そこは山の中でしょ。寒くない？　風をひかないようにね。

お父さんへ　　　　　　　　　　　　　久仁子〉

老人は手紙を折りたたむと、封筒へ戻してテーブルに置いた。眉の間に、深いしわが、見えない爪が食い込んだように刻まれていた。

メガネを外すと、疲れたように目を閉じてソファへもたれかかる。——しばらくはそのまま、眠っているかのように、身動き一つしなかったが、やがて目を開くと、大きく息を吐き出した。

「——どうして放っといてくれんのだ。誰も彼も……」

その口調は、腹立たしいよりも、むしろ哀しげにすら聞こえた。

老人は、自分を励ますように、弾みをつけて、ソファから立ち上った。——テーブルに置かれた箱の中の人形が、老人を見上げている。

さっきと同じ表情のはずだが、どことなく、その笑顔が、人を嘲笑《あざわら》っているかのように見えた。

「腹を切られたくせに、元気だな」

老人はそう声をかけると、寝室へと歩いて行った。

掃除機が、置かれたままになっている。

老人は、それをわきへ押しやると、机に向って座った。

引出しを開けると、封筒を一枚出し、便箋《びんせん》を取り出した。

机の上の本を、一まとめに重ねて、場所を空け、便箋を置くと、ボールペンを手に取った。

しばらく、白い便箋を眺めて、まるでそうしていれば自然に文字が浮かんででも来るかと期待しているような顔つきだったが、その内、ボールペンを握り直して、書き始めた。

一文字一文字、じっくりと、念を入れて書いて行く。


〈久仁子へ。

手紙を受け取った。

美子も順調に成長している様子、大変に嬉《うれ》しく思う。病院もうまく行っているのだろうし、宮里君ならば、任せておいて何の心配もない。

私はとても元気だ。何もかも自分でしなければならないが（この手紙も、掃除の途中で書いているのだ）それが却って、私の健康法になっているらしい。

体調は至っていいし、日に何キロも近くを歩くので、運動不足ということはない。

お前は私が人間嫌いになって、こんな山奥へこもってしまったと思っているようだが、それは違う。私はもともと、自然が好きなのだ。

医者というのは、他のどんな仕事よりも人間くさい職業だ。それをやっと隠退したからには、逆に人間とは極力切り離された世界で生きたいと思うのは、別に不思議なことではない。宮里君も、私ぐらいの年齢になれば、きっと分ってくれる。四十年近くも医者稼業を続けたのだ。三年ぐらいは人に会いたくないという気持を、察してくれ。

お前が私に一緒に住めと言ってくれる、その気持は嬉しい。しかし、やはり遠慮しておく。たとえ別に一室を構えたとしても、都会では、決して静かになる時間というものがない。ここでは一日中、静寂が支配しているが、都会にあるのは、騒音と汚れた空気だけだ。私はここでの生活を、その不便さも含めて、愛している。誰も私の邪魔をしないし、生き方に干渉もしない。至って気ままな暮しだ。

といって、私が昼まで眠り、夜ふけまで本を読んでいると思ったら、大きな間違いだよ。私は朝は七時に起き、夜は遅くとも十一時にはベッドへ入っている。押し付けられた時間割ではなく、自ら生活を律して生きることは、実に素晴らしいものだよ。自分で組んだ時間割ならば、人間は喜んで守るものだ。

私のことは一切心配ないよ。山の中とは言っても、別に鹿も通わぬ道というわけでなし、手近な町には歩いても二十五分ほどで行ける。具合が悪くなれば電話もある。少しも心配なことはないよ。

この辺の病院には最新の設備はないだろうが、いくら機器を備えても、都会の病院のように診療拒否しているのでは仕方ない。幸い田舎の病院には、そうした心配だけはない。特別に悪い所もないし、急にどうこういうことはまずないと信じている。私も医者のはしくれだから、自分の健康状態は良く分っているつもりだよ。

板谷にここの住所を教えたのは、まずかった。私は誰にも、邪魔されたくないのだ。以後、もし友人の誰かが私の居場所を訊《き》いても、決して教えないようにしてくれないか。これは私の強い希望だ。

なお、美子を見せにこっちへ回るとのことだが、それはやめてくれ。ここには泊ってもらう部屋はないし、赤ん坊を連れて来られても困るのだ。風邪でも引かせて、肺炎にでもなられては、お前も困るだろう。

私が一人でいることに飽きて、たまには都会へ出たいと思うようになったら、こっちから会いに行く。どうか、それまでは、ここで私を一人にしておいておくれ。

では、また。宮里君によろしく伝えてくれ。

父より〉

老人は書き上げた手紙を読み直し、二、三の言葉を直すと、四つに折り畳んだ。

久仁子からの手紙の裏を見て、宛名を書き、裏には〈新条幸造〉とだけ記して、封をした。

電話で聞いてメモした食料品の代金を、別の、少し大型の封筒へ入れ、そこに書いた手紙も放り込んで、封筒の表に、

〈中の手紙を出しておいてくれ。切手代以外のつり銭は、手数料としてとっておいてくれていい〉

と、走り書きした。

老人は玄関からポーチに出た。

すっかり陽は高くなっている。老人は、まぶしげに空を見上げた。

雲が流れて行く。それは明け方の霧の、ひそやかな、蛇のような動きと同じように沈黙の流れではあるが、対照的に、解放された、自由気ままな流れである。

風が老人の髪を乱した。特別冷たい風でもないらしく、老人は首をすくめるでもなく、一つ深呼吸をしたほどであった。

老人は、ポケットから、黒いとじ紐《ひも》を取り出して、手にしていた封筒の頭部へ穴を開けて通すと、輪にして結び、それを玄関のドアのノブへ引っかけた。

伝言を書いた面が、裏になってしまったのを表へ出るように直して、老人はまた家の中へ入って行った。ドアが閉まり、ノブから下がった封筒が左右に揺れた。

陽はポーチの奥まで射し入っている。

この簡素な家——老人の〈城〉は、今、すっかり陽光に包まれていた。老人の掃除機の音が、まるで蜜蜂《みつばち》の唸《うな》りのように、もの憂く聞こえて来る。

家を囲む、緑のなだらかな斜面。

木々が身を寄せ合って、あたかも黒々とした群衆のような森。その外縁に沿って流れる渓流。山間の総《すべ》てが、今、真昼の太陽の下にあった。

それは、薄暗がりの中で、目を見開いていた。

プラスチックの目、人形の目である。

人形は箱に戻され、蓋《ふた》をかぶせられた。ぴったりと蓋がはまっていないので、わずかな隙間から、光が洩《も》れ入っていた。

切り裂かれた腹から吹き出た赤インクが、ワンピースにしみついて、すっかり乾いてしまっている。

薄暗い箱の中では、人形は、まるで目を開いたまま、死んでいる子供のように見えた。

3

老人は、コートをはおって、もうすっかり塗りのはげたステッキを持った。

「今日は遅くなった……」

と、居間の壁にかけてある時計を眺めた。ありふれた安物の掛時計だ。一時へ後五、六分という時刻だった。

老人は居間の真中に立って、ぐるりと部屋を見回した。それから、よし、というように肯《うなず》くと玄関へと歩いて行く。

フェルトの靴をはいた老人は、ドアを開けて表へ出た。家の中にも、かなり陽は入っているのだが、やはり外へ出ると格段の明るさで、老人は目を細くして、ステッキを持っていない左手を、ひさしのようにかざした。

振り向いてドアを閉め、ズボンのポケットから、鍵《かぎ》を出して、戸締りをする。鍵がかかったことを、ドアのノブを回してみて確認してから、鍵をポケットへ戻した。

老人は、ステッキを気軽に振り回しながら、ポーチから階段を降りて、砂利道を歩いて行ったが、すぐにそこからそれて、草に覆われた斜面を、一歩一歩、踏みしめながら上って行った。

すぐに息が弾み、頬に朱がさして来る。

老人はコートを脱いで腕にかけた。

斜面を中ほどまで来ると、老人は一息ついて、ハンカチをズボンのポケットから取り出し、草の上に広げて、そこへ腰をおろした。立て膝《ひざ》を両手でかかえて、気楽な姿勢で休む。

額には少し汗も浮いていたが、紅潮した頬には、疲労よりも、快い微笑が漂っていた。

老人は、ちょうど、自分の家を斜め上から見下ろす格好になっていた。

ずっと横へ視線を移せば、黒い森が、濡《ぬ》れたような緑を湛《たた》えて広がっている。

風が吹き下ろして来て、老人の髪を乱した。老人は手の甲で、額ににじんだ汗を拭《ぬぐ》った。

——どれぐらい、そこにじっと座っていたものか。

老人は、静寂を破って、ブルブルというエンジンの音が近付いて来るのを耳にした。

目をじっと家から向う側へと続く砂利道に向けていると、やがて、曲り角を、古ぼけた小型トラックがのろのろと曲がって走って来るのが見えた。

小型トラックは、ポーチのすぐ手前まで来て停った。エンジンの音が消えて、再び静寂が戻る。小型トラックから、青いジャンパー姿の男が降りて来た。荷台へ回ると、小さな段ボール箱を下ろして、両手でかかえてポーチへ上って行く。

それを眺めていた老人の目が、いぶかしげに細まった。

トラックの、運転席の反対側から、もう一人降りて来た男がいる。——遠すぎて、老人の目には、それがどんな男かは、見分けられない。

茶っぽい色のコートをはおって、背広上下、ネクタイも締めているようだ。

青いジャンパーの男は、段ボールを玄関の前に置いて来たのだろう——老人の位置からは、玄関の側はちょうど隠れて見えないのだ——あの茶色の封筒を手にしている。

コートの男が、何か話しかけると、ジャンパー姿の男は、しきりに肯いて、何やら説明するように、家の方を向いて、手であれこれと指さしながらしゃべり始めた。

コートの男は、あまり熱心な聞き手ではないようで、青ジャンパーの男がまだ話している間に、さっさとポーチへ上って行って、老人の視界から消えた。

ジャンパーの男は運転席へ一旦《いったん》戻って、封筒を置いて来たらしい。また玄関の方へと向った。

「何をしてるんだ……」

老人は苛々《いらいら》した口調で言った。ついさっきまでの、穏やかな表情は消えて、気難しげな、しわの寄った顔になっている。

立ち上りかけたが、すぐに思い直したように座る。

家の角から、ポーチを回って、あのコートの男が現れた。ジャンパー姿の男もついて回って来る。

三つ並んだ窓の一つ一つの前に、コートの男は立ち止まって、じっと中を覗《のぞ》き込んでいた。そして時折、そばに突っ立っているジャンパー姿の男の方へと、何か訊いているらしい。答える方も、熱心に身ぶり手ぶりで答えている。

コートの男は、室内との明るさの差で、中が良く見えないらしく、顔をほとんどガラス窓へくっつけるようにして、手で光を遮りながら覗き込んでいる。

老人は、自分でも気付かない内に、ステッキの柄を握りしめていた。その表情に、次第に苛《いら》立《だ》ちの色が濃くなって来る。

「人の家を……何だと思っとる！」

老人は腹立たしげに言いながら、ステッキで草をむやみに叩《たた》いていた。

――やっと、コートの男が、窓から離れた。だが、玄関の方へは戻らず、裏へと回った。

裏には、窓がない。プロパンのボンベやら、ごみ用のポリバケツなどが並んでいるだけだ。

コートの男は、驚いたことに、ポリバケツの蓋を取って、中を覗き込んだ。すぐに蓋を元通りにしたものの、老人は怒るよりも、呆気《あっけ》に取られたような表情になっていた。

ポーチは家の周囲をぐるりと囲んでいるので、コートの男はそのまま反対側へと姿を消した。

ジャンパー姿の方は、ついて歩くのはやめて、ポーチから降り、トラックの前でぶらぶら歩いている。

今度はそう見る物もなかったのか、コートの男が、割合早くポーチから降りて来た。

二人が運転席の左右からトラックへ乗り込む。静寂をかき乱すように、エンジンが唸りを上げて、トラックは一旦カーブしながら進み、それからバックして向きを変えると、ゆっくり砂利道を戻って行った。

老人は、トラックが見えなくなるまで、その場に座っていた。――それから立ち上ると、ハンカチを拾って、乱暴にズボンのポケットへねじ込んだ。

「何のつもりだ。全く！」

老人は、まだコートの男が見えてでもいるかのように、いきり立って怒鳴りながら、ステッキを振り回した。


ダイヤルを回し終えると、老人は受話器を右手に持ちかえて、ソファにもたれかかった。相手が出る前に姿勢を落ち着かせようというように、何度か座り直していると、呼出音が三度ほど続いて、向うが出た。

「××雑貨でございます！」

元気のいい声が飛び出して来て、老人は顔をしかめた。

「新条だがね」

「あ、毎度どうも。品物は……」

「確かにもらったよ。手紙は出してくれたかね」

「はい。どうもお気遣いをいただきまして。手数料などと、よろしいんですのに。ついでのときにお返しに上りますから」

「いやいや、いいんだよ。余計なことを頼んでるんだからね。実は、ちょっと……」

「——あの、何か品物に間違いでもございましたか？」

「そうじゃない。今日、配達してくれたとき、一緒にいたのは誰だね？」

相手が一瞬絶句したように沈黙する。老人はすぐに続けて、

「いや、遠くから、ちょうど君らがトラックに乗るのが見えたのでね。どうも店の人とは様子が違うようだったし……」

「そうですか。いや、どうしてご存知なのかと思って、びっくりしましたよ」

相手の声には、多少、ほっとしたような響きがあるようだった。

「コートを着た人だったね」

「そうです。実はその……警察の方でしてね」

「警察」

老人が無表情にくり返した。

「店へ来られましてね、そちらの場所というか、どう行けばいいのかを訊《き》かれたもんですから、ちょうどそちらへ向うところだったんで、じゃ、一緒に、ってことで……」

「あの時間はいつも散歩に出ているんだがね、私は」

「それは存じてますので、そう言ったんですが、もしかしたらおいでかもしれないと言って……。何だか後、予定があるんで待てないとか言ってましたがね」

「駐在さんではなかったね」

「ええ、私も初めてで。県警の警部だとか」

「県警の、ね」

「あんまり刑事らしく見えませんでしたがね」

「それはしかし、申し訳なかったな。せっかく来ていただいて……。何の用か、聞いたかね？」

「いいえ、別に。――そう大した用じゃないように言ってましたが。会えれば会いたいが、会えなきゃ、それでも構わないとか言って……」

「そうか。名前は分るかね？」

「さて、それは聞きそびれましたなあ」

「いや、いいんだ。もし何ならこっちから電話してみようと思ったんだが、用があれば向うからかけて来るだろう」

「そうですね。――あの、何かまたご用がございましたら、ご遠慮なくどうぞおっしゃって下さい」

「ありがとう」

――老人は電話を切った。その受話器に手を置いたまま、

「大した用でもない、か……。あんなに中を覗き込んでおいて」

と呟《つぶや》いた。

老人は、ふと思い立ったように立ち上って、玄関から表へ出た。

ぐるりとポーチを回って、裏側へ来ると、ごみの捨ててある、大きなポリバケツの蓋《ふた》を取った。——生ごみ、雑誌を送って来た封筒、その他、ごく当り前のごみばかりだ。

老人は首を振りながら、蓋をしめた。


老人は、人形の、腹の裂け目を縫い終えて、テーブルに寝かせた。

「——具合良さそうだな」

と笑顔になって、「まだしばらく麻酔が効いてるよ、きっと」

と言った。

針仕事の道具を、携帯用の小さなケースにしまい込むと、老人はそれを台所の戸棚の引出しへ入れに行った。ちょうど電話が鳴り出した。

「お前が電話ぐらい出てくれると助かるんだがな」

と老人は人形へ声をかけてから、ソファに腰をおろし、それから受話器を上げた。

「新条です」

「新条幸造さんですか?」

はっきりと一語一語を発音するしゃべり方で、至って丁寧な調子である。

「そうです」

「私は××県警の待田《まちだ》と申します。突然、お電話を差し上げて――」

「さっきはせっかくおいで下さったのに、留守をしまして失礼いたしました」

「おや、ご存知でしたか。いや、あの雑貨屋には、そちらが気になさるといけないから、訪ねて行ったことは黙っていてくれと言っておいたのですが」

「いやいや、雑貨屋の方からしゃべったわけではありません」

老人は、散歩の途中で、トラックが帰る所だけを見たという説明をくり返した。

「そうでしたか。では少し待つべきでしたかね」

と待田と名乗った男は言った。

「どういうご用でいらしたのでしょう?」

「実は……その件で、お電話を差し上げたのですが、まあ大したことではないのです。一種の身許《みもと》確認というようなもので」

老人はちょっと笑った。

「県警の警部さんが身許調査でもありますまい。どうぞ遠慮なくおっしゃって下さい」

「いや、どうも……。実を言いますと……。今朝の少女暴行殺人をご存知ですか」

「ニュースで聞きました。ここの近くだったのですか?」

「いや、そうではありません。ただ、前に四件、同じ手口の事件が未解決になっていまして、どうも今度も同じ犯人ではないかと見られているのです」

「そんな話でしたね」

「一番古いものはすでに二年もたっていまして、ほとんど手掛りらしきものもない状態です。そこで、今度こそは、と上層部が盛んにハッパをかけているのですよ」

「なるほど」

「実際の所、四件とも――いや、今朝のものを含めると五件になりますが、どれも、そちらとは大分離れているのです、現場が、ですね。本来なら、そちらまでお伺いする必要はないのですが、方針の一つとして、ここ二年の間にこの地方へ転居して来た方々を一応チェックするという……。いや、全く馬鹿げた話ですよ」

「なるほど。それで分りました」

老人は肯《うなず》いた。空いている方の左手で、人形の手や足を持ち上げている。

「私はちょうど二年前ですね、ここへ来たのは。その第一の事件を聞いたのは、おそらくここへ来てすぐだったと思います」

「そうですか。いや、新条さんは、元はお医者様ですね」

「そうです。もう年齢《とし》になりましたので、娘婿に病院を譲って、隠居を決め込んだわけです」

「そういう身許のはっきりした方なら、全く問題はないわけです。こちらが捜しているのは、変質者ですからね。――雑貨屋からそちらのことは色々と伺いましてね、これはもうお訪ねしても仕方ないとは思ったのですが、まあせっかく近くまで来たし、ちょうど配達があるというので便乗したわけです」

と、少し早口に弁解して、「それに、私も停年になったら、そういう閑静な場所に住みたいと思いましてね。ちょっと様子を見に行きたかったということもあるんですよ」

どこまで本気で、どこまで冗談か、よく分らないような口調だった。

「では、特にお会いする必要はないのですか？」

「ええ。何かありましたら——まず何もないとは思いますがね、万が一何かお訊きすることがあれば、私の方からお電話します」

「そうですか」

「どうもお邪魔しました」

「いや、とんでもない。早く犯人を逮捕して安心させて下さい」

老人は愛想良く言って、電話を終えた。少し考え込んでから、人形を足の所へ座らせて向き合いながら、言った。

「訊くこともない割には、よく覗《のぞ》いて行ったな、あの警部は。——それが商売なのかもしれんがね」

老人は、人形をテーブルに置くと、一つ息をついて立ち上った。台所へ入って行き、冷蔵庫を開けて中を覗く。

「——夜の食事は何にするかな」

面倒くさそうに、そう呟いて、老人は適当に、調理済料理の缶詰をいくつか取り出した。

# 4

窓に雨が叩《たた》きつけている。

昼なのか夜なのか、判然としない、暗い午後だった。

老人は、ソファに座って、まどろんでいた。本を読みながら、そのまま寝入ってしまったらしい。読みかけの本が、膝《ひざ》の上から、ソファへ半ば滑り落ちそうになっている。

襟のあたりが大分すり切れたガウンを着ている。

聞こえるものといっては、雨の単調な呟きと、時計のせわしげな足音だけだ。

あの人形が、今は本を並べた棚の上に、座を占めていた。もう、その位置から動くつもりはない様子に見える。老人が洗い落としたのだろう、あの汚れは、すっかりきれいになって、よほど近くで見ても分らないほどだった。

人形は、老人が居眠りしているのを、微笑みながら眺めている格好だった。

玄関に、物音がして、チャイムが鳴った。——老人はわずかに身動きしたが、それだけで、また眠り続けた。

五分ほどして、感覚の底に、何かが残っていたのか、ふと目が開いて、体を起こした。玄関の方をうかがって、人形を見ると、

「誰か来たかな?　ん?」

ソファから立ち上って、ゆっくりと玄関へ足を運ぶ。チェーンをかけたままドアを開けて外

を覗いた。

雨の幕が、視界を遮っている。老人はちょっと肩をすくめ、ドアを閉めようとして、足もとに置かれた郵便物に気が付いた。茶色の紙包みだった。


「ひどい濡《ぬ》れ方だな、全く……」

老人は愚痴って、急いで台所からタオルを持って来ると、包みを拭《ぬぐ》った。

水溶性のサインペンで宛名を書いたとみえて、字は跡形も止《とど》めないほど流れて消えてしまっていた。差出人の名も、もちろん読めない。

今度の包みは、人形を送って来たときのものより、大分小さい。それでも、きちんと紐《ひも》はかけてある。

またカッターナイフで紐を切り、包みを開いた。やはり、白いボール紙の箱が出て来る。老人は人形の方へ目をやって、

「お仲間かな？　今度はびっくり箱じゃあるまいね」

と独り言を言った。

箱の蓋を外すと、今度は布で作ったお手玉が、五、六個、やはり人形のときと同じ詰め物の中に入れてあった。

「お手玉か……判じ物だな、こいつは」

老人は、恐る恐る、中のお手玉をつまみ上げてみた。今度は別に赤インクが吹き出すことも

なさそうだ。

お手玉は五個あった。テーブルへ並べてから、箱の中をかき回したが、他には何も入っていない。

老人は首を振った。

「分らんな……。これは何だ？」

お手玉を手に取ってみる。小豆でも入れてあるのか、ザッザッという音。手造りらしく、どのお手玉も、袋の生地や模様、色が違っていた。

「人形、お手玉……。この次は何かな？　ええ？——お前なら分るだろう」

老人は人形へ向って話しかけながら、お手玉を二つ手に取った。「こう見えても、手先は器用なんだ。——ほれ」

老人はお手玉を宙へ投げては巧みに右、左と移して投げ続け、受け止めた。

「今度は三つだ。……どうだ。巧《うま》いもんだろう？……よし、四つにしてやろう」

四つのお手玉が次々にはね上った。見えない糸に結ばれているかのように、円を描いて回り続ける。

「どうだ……まだ衰えちゃおらんだろう……」

老人の口元に笑みが浮かんだ。突然、

「あっ！」

と声を上げて、老人がお手玉を取り落とした。四つのお手玉が、ほとんど同時に床に落ちた。

老人が左の掌を見た。——ポツンと、小さく赤い点が浮いて、見ている内に、血が丸い玉になってにじんで来る。

老人はハンカチで血を拭った。顔がやや青ざめて、こわばっている。傷というほどの傷ではないが、ショックの方が大きい様子だった。

「——畜生!」

老人は吐き捨てるように言うと、かがみ込んで、右手でそっとお手玉をつまみ上げるように、一つ一つ、テーブルへ並べた。

最後に取り上げたお手玉から、銀色の針が突き出ていた。

「何てことだ……」

老人は、急いで寝室へ行くと、ベッドの下から、救急箱を取り出した。

オキシフルで消毒した後、キズテープを貼って、手を二、三度開いたり閉じたりしてみる。

居間へ戻ると、老人は、針の突き出たお手玉を、カッターナイフで切り裂いた。ザーッとテーブルに小豆が流れ落ち、床にまでこぼれる。

老人は針をつまみ上げた。ただの針ではない。注射器の針だ。

やや鈍い銀色に光る針を見つめながら、老人は深くため息をついた。

「分らん……」

五つのお手玉——一つは袋だけだったが——は、人形と並んで棚に置かれた。注射針は、その一つに突き立てられていた。

老人は台所でカレーライスを食べていた。ラジオが軽音楽を流している。音楽だということしか分らないほど、およそ特徴も魅力もない、本当に〈軽い〉音楽だ。

夜になっても、雨は降り続いているらしく、雨音が絶えず頭上を包んでいる。

電話が鳴った。老人はちょっと食べる手を止めたが、思い直したように、またスプーンを動かし始めた。

電話が鳴り続ける。

老人は、まるで根比べでもしているように、電話が鳴るに任せていた。――電話が沈黙した。が、それも三十秒足らずのことで、再び電話は鳴り始めた。老人はため息をついてスプーンを置いた。

「――はい」

「お父さん？」

「久仁子か。どうした？」

「どうした、って、こっちが訊《き》きたいわ。なかなか出ないから、どうかしたのかと思ったわ」

「便所に入っていたんだ。仕方ないだろう」

と老人は言った。「――何か用かね」

「手紙をもらったわ」

久仁子の口調は固かった。

「分ってくれると嬉《うれ》しいが」

「分らないわ。お父さん、いつからそんな変人になったの？」

「そう、突っかかるなよ。私は別に――」

「自分で分ってないだけなのよ、お父さん、少しおかしいわ。いいえ、大分変よ」

「変なら変でも、それでいいさ」

「孫の顔も見たがらないなんて、どう考えたって、まともじゃないわ」

「それは書いた通り――」

「ええ、風邪でも引かれちゃ困るんでしょ。そんな理由なんてないわ。何もお父さんの所がヒルトン・ホテル並みだなんて思っちゃいないわよ」

「全く、あばら家だからな」

と老人は苦笑した。

「至って快適で、健康にいいと書いといて、そのインクの乾かない内に、子供が来ると風邪を引く、だなんて。要は来てほしくないんでしょ」

老人はしばらく黙っていた。――何を考えているのか、目を半ば閉じて、受話器を握る手に、力が入っている。

「――どうしたの？」

「いや、どう言えば分ってくれるかと考えとったのさ」

「はっきり言えばいいじゃないの」

と久仁子は鋭く、突き刺さるような声で言った。「娘や孫の顔なんか見たくもない、って。そうなんでしょ？」

少し間を置いて、老人は答えた。

「そうだ」

「――分ったわ」

久仁子の声は震えていた。

「お前が言わせたんだぞ」

「分ってるわよ、お父さんが――」

「待て。お前らは私を呼んで人手を浮かせるつもりなんだ。それだけなんだ。私のためを思ってくれるのなら、今さらもっと働けとは言わないはずだ。好きなことをして休んでくれと、そう言うはずじゃないか」

「ええ、ええ、そうよ、私たちは冷血動物で、お金のことばっかり考えてるのよ」

久仁子の声は涙声になっていた。「お父さんに……そんなことを言われるなんて……」

「泣いてもむだだ。変り者と言われようとどうしようと、私の気は変らないよ」

「分ったわ……。もう電話もしないし、手紙も出しません」

「ああ、そうしてくれ」

老人の口調が少しも喧嘩腰《けんかごし》でないだけに、よけい向うには応《こた》えたらしい。

そのまま電話は切れた。

老人は、受話器を置くと、

「全く、うるさい奴だ」

と呟《つぶや》いて、台所の方へと戻って行った。


風が唸《うな》りを立てている。

雨は上ったが、風が闇をも裂くほどの勢いで、夜を疾駆して行く。

老人は暗い部屋のベッドで、眠っていた。窓の隙間から吹き込んだ風が、カーテンをはためかせている。

月夜なのだろう。青ざめた光が、寝室の中へ描き出す白い帯が、カーテンの動きにつれて、伸縮をくり返している。

寒さが床から立ち昇って来るようで、そのせいか、老人は眠りからさめたようだ。言葉にならない呟きを洩《も》らしつつ、寝返りを打って、眠ろうとする。

ひときわ強く風が咆《ほ》えた。突然、寝室の窓ガラスが、けたたましい音と共に砕けた。老人が飛び起きる。

「何だ?……誰だ?」

手探りで、枕もとのスタンドを点《つ》けると、メガネを取ってかけた。

床に、折れて飛んで来たらしい枝が落ちていた。もちろん、窓のガラスは粉々になって床に散っている。

「何てことだ、全く……」

カーテンが国旗よろしくはためいて、勢い良く風が吹き込んで来る。

老人はベッドから出て、スリッパをはき、足下をこわごわ覗《のぞ》きながら、部屋の明りを点け、ドアを開けて寝室を出た。ほうきとちり取りを取って戻って来ると、床に散ったガラスの破片をはき寄せる。

大きな破片だけを、ともかくまずちり取りにすくい上げると、ちょっと迷ったものの、そのままどこかへ放り出すわけにもいかない。一旦《いったん》それを下へ置いて、ガウンを持って来てはおると、台所から持って来た紙袋に、ガラスの破片を落とし込んだ。ザーッと流れ込むと、中でガラスの触れ合う音がする。

「こいつも捨てて来るか」

転がっていた枝を、拾い上げて、紙袋へ押し込む。ぐっと中へ入れると、底が破れて枝が突き出る。せっかく入れたガラスの破片がザーッと床へ落ちた。

老人は枝をにらみつけて舌打ちした。

もう一つ紙袋を持って来て、そっちへガラスの破片を入れると、今度はそのまま袋の口をねじって、袋と枝をそれぞれ両手に持って、玄関の方へと出て行った。居間の明りを点けて、玄関のチェーンと鍵《かぎ》を開ける。

ドアを開けると、冷たい風にさらされて、一瞬、老人はたじろいだ。――一度は中へ戻りそうな素振りを見せたが、思い返して、ポーチに出てドアを閉めた。

「早く捨てて戻ろう」

と呟きながら、ポーチを小走りにぐるりと回って行く。裏手の、ごみバケツの所へ来てみると、蓋《ふた》が失くなってしまっている。

急いで見回すと、ポーチの端に転がっていた。老人は枝と紙袋を、バケツの中に押し込むと、走って行って蓋を拾おうとした。

風が唸って、老人が一瞬ふらついた。バケツの蓋は、フワリと浮かび上ると、ポーチの手すりを越えて、草原の方へ転がって行く。

「おい！　待て、こら！」

と怒鳴っても、蓋が聞くはずもなく、草原を一輪車のように、立って転がって行ってしまう。

老人は、あわてて玄関の方へ駆け戻った。ポーチからは、玄関の前からしかおりられないのである。

手すりを乗り越えて降りられないことはないのだが、自分の年齢を考えてやめたのだろう。玄関前の階段を降りると、これが精一杯という足取りで、草原を走り始めた。

——月夜。青白い光が、草原をブルーの蛍光に光るカーペットに変えている。

老人は、風がゆるんで、バケツの蓋が〈逃亡〉をやめたのを見て、自分も足取りを遅くした。

「しょうがないな、全く、もう」

とブツブツ言いながら、歩いて行く。もう二、三メートルという所で、風が強くなって、また、蓋は舞い上って、今度は、水面を小石がバウンドしていくような調子で、たちまち十メートルも先まで行ってしまった。

「人を馬鹿にしおって！」

老人は拳《こぶし》を振り回しながら、半ばむきになって、蓋を追いかけた。

たっぷり五、六十メートルも、追いかけっこが続き、やっと老人は蓋へ追いついた。

「世話を焼かせて……こいつめ！」

老人は息を弾ませながら、蓋へ悪態をついた。――風がガウンをはためかせる。老人はスリッパのまま走って来ているのに気付いて、苦笑した。

老人は、戻ろうとして、ふと視線を森へと向けた。

老人は蓋を追いかけて、森と家とのちょうど中間あたりまで走って来ていた。

森は、月の光を浴びても、やはり黒い森であるには違いなかった。ただ、その頂近くに、月光の反射が鈍い白さで光って、あたかも、うっすらと雪をかぶっているかのように見える。

森の中はもちろん闇に閉ざされていたが、一番外側の幹だけが、光を浴びて、まるで城を守る兵士たちのように、整列して見える。

その幹の間を、何か白いものが、動いて行くのが、見えた。

老人は二、三歩進み出て目をこらしたが、その白いものは、幹の隙間にチラリと現れて、そのまま奥の闇の中へ消えて行ってしまった……。

老人は、そのまま風に吹かれて、しばらくそこに立ち尽くしていた。

「今のは……」

と呟いたが、それきり首をひねって、言葉は続かなかった。

風は一向にやむ気配がない。――老人は、バケツの蓋を手にかかえて、家の方へと、足早に歩き始めた。
十五、六メートルほど進んだ所で、老人は足を止めた。
風の低い唸りを縫って、細い、悲鳴のような声がした。

「女の……悲鳴か?」

どこから聞こえたのかは、この風と夜の中では見当が付かなかったが、老人はせわしなく、あちこちを見回した。

「風か……」

風が時折、口笛のような、細い声を聞かせる。その声だったのだろうか?

老人はどうも釈然としない様子だったが、そのまま、また歩き始めた。

寝室の窓を、ありあわせのボール紙で塞《ふさ》いでみたものの、ガラスの破片が、まだどこかに落ちているかもしれないと気にかかるのだろう、結局、枕と毛布を持って、居間へ行った。

ソファへ寝ることにしたのだ。――老人は欠伸《あくび》をした。もう、午前三時になっていた。

「夜が明けちまうな、全く……」

毛布にくるまって、老人はソファに横になった。目が冴《さ》えてしまったか、ともかくなかなか目を閉じようとしない。

あの人形が、夜もじっと目を見開いたまま老人のいるソファの方へ向いている。

「眠くないのか?」

老人が言って、ちょっと笑った。「——どうも気になるんだ。さっき、見えた白い物のことだが……私の目にはどうも……女のように見えたんだよ」

風が家の外を巻いて、唸りを立てた。ドアや窓が、ガタガタと震えた。

「それも女だけじゃない」

老人は続けて言った。「男が、女をかついで、歩いているように見えたんだ。——気のせいかな。月の光と、木の影のせいで、そう見えただけ……かもしれない。こんな夜だからな、何しろ。妙な想像をしたくもなるのかもしれないよ」

風は、静まっては起り、起っては息をひそめた。

「お前はどう思う?」

と老人は言った。

人形は、暗がりの中で、微笑んでいた。

「お前や、その注射針入りのお手玉を送って来たのは、一体誰なんだ?——いい加減、何か教えてくれてもよさそうなもんじゃないか」

老人はそう言って、ちょっと笑った。「おやすみ」

しばらくして、老人は寝入った。風の唸り声が、老人の寝息をかき消していた。

5

「そう、新条だよ。新条。前にも何度か電話してるんだがね。——ああ、それだ。ここ三日ほど来てないよ。——それは、確かにここまで配達するのが大変なのはよく分るさ。しかしね、新聞を三日分も四日分も、まとめて配達されるのでは困るんだがね。——ちゃんと料金は先払いしてあるだろう。——毎日配ってほしいね。朝六時とは言わんが、せめてお昼までには。——冬の雪のときとでもいうのならともかく、まだ十月じゃないか。しっかり頼むよ。——ああ、よろしく」

老人は受話器を置いた。立ち上って、大きく伸びをする。

ポーチへ出て、老人は目を細くした。すばらしく、よく晴れ上っている。

「昨日の風が嘘みたいだな」

と老人は呟《つぶや》いた。

何気なく、草原を見回して、森に、目が止まった。

森は、相変わらず、黒く、揺るぎない岩のように見えた。

「ああ、そうか、窓だ」

——朝食を食べながら、老人は思い付いたままを口に出した。「あれを直さんと寝られん」

うんざりしたような顔で、老人は、トーストの一切れを口へ放り込んだ。

金づち、板きれ、釘《くぎ》……。

辛うじてこれだけの物を揃えると、老人は玄関からポーチへ出た。

壊れた寝室の窓の外へ行くと、板を当ててみる。ちょうど何とか隠れる大きさである。

どう見ても、あまり慣れた手つきとは言い難い。板を左手で押えて、釘を当てがい、右手で金づちを持つとなると、老人のように不馴《ふな》れな人間には、どうも手が三本必要のようである。

釘を打とうとすると板を落っことし、板を支えていると釘が落っこち、散々苦労したあげく、やっと一本、打ち込むことに成功した。

一箇所でも打ってあれば、後は比較的楽なもので、一本一本、順調に打ちつけて行く。

「もう一本だぞ……」

と呟きながら、板に釘の先を当てて金づちを叩《たた》きつけた——とたんに、斜めに打ってしまって、釘が空中へ飛び上った。

「おっと！」

釘がポーチの床を転がって、手すりの下から、外へ落ちた。「——畜生！」

ポケットを探ったが、予備は一本もない。諦《あきら》めて、老人は金づちをその場へ置くと、また玄関の方へ回って、階段を下りた。

ポーチは、五十センチほど地面から高くなっている。

ぐるりと回って、老人は、釘の落ちた辺りへ来ると、地面を見回した。

「――あれだ」

弾みで、ポーチの下へ三十センチばかり転がり込んでいる。

老人は、かがみ込んで、ポーチの下を覗《のぞ》き込む格好で手をのばした。

白眼をむいた少女の死顔が、老人を見つめていた。

老人は、後ずさりしようとして、バランスを失い、座り込んでしまった。

――少女は、白いワンピース姿だった。白かった、と言うべきだろうか。

土がこびりつき、草がはりついている。胸の所が、引き裂かれて、乳房が露《あら》わになっていた。

――少女といっても、おそらく十六歳前後だろう。首の周囲が赤黒く、あざになって、絞殺であることが一目で分る。

乳房は、生々しい、引っかいたような傷で、赤く筋が走っていた。白い足が、ほとんど太腿《ふともも》までむき出しになっていた。両足とも、裸足《はだし》だった。

老人は、顎《あご》の震えを押えるように、両手で頬を挟んで、立ち上った。

玄関の方へと歩きかけて、足がもつれ、危うく転びかけた。

「どうしてここに……」

老人はソファに浅く腰をかけて、頭を抱えながら呟いた。「畜生!……どうしてこんな所に!」

老人は急に立ち上ると、居間の中をぐるぐると歩き回った。誰かに追われてでもいるかのようだった。

棚の上で、人形が微笑んでいる。

「何とかしなくちゃならん……。ごめんだ。こんな所で死体が……。そんな厄介事はいやだ！」

叩きつけるようにそう言って、老人は立ち止まった。「落ち着け……。考えるんだ。何とかしなくちゃならん……。いい方法があるはずだ。何かあるはずだ」

玄関で、物音がした。老人が息を呑《の》んで、振り返った。

チャイムが鳴る。――老人は動かなかった。

「留守だ。誰もいないぞ。帰れ……」

念じるように、口の中で呟きながら、ドアをじっと見つめていると、ドアの下から、白い封筒が差し込まれた。

老人は、そっと息を吐き出して、目を閉じた。自転車が、砂利道を走り去って行く音がした。

老人は、封筒を拾い上げた。〈新条幸造〉あて。差出人は、〈板谷広樹《ひろき》〉とあった。

「板谷、か」

老人はその手紙を持ったまま、ソファに身を沈めた。

しばらくはそのまま考え込んでいたが、その内、あまり気のない様子で、手紙の封を切った。

〈隠者を気取っているそうだが、元気かね。

そこの住所は久仁子さんから聞いた。

君の隠退を聞いて、実はびっくりしているんだ。まだ早すぎるよ。

俺は例の総合病院に見切りをつけて、今は独立独歩。といえば聞こえはいいが、本当のところは資金集めに奔走していたのさ。

しかし、やっと見通しが立った！　いよいよ自分の病院を建てるんだ。本当のところは、俺は院長だが名誉職。実際には、大学の後輩たちが企画したことなんだ。

医師の数、質も、自慢できるほどのものは揃えた。設備も最新のものを惜しまずに入れるつもりだ。

こいつはいい病院になる。百パーセントかけ値なしの真実だ。

だが惜しむらくは、肝心要《かなめ》の人材が欠けている。外科部長に適任者がいないのだ。

外科はみんな若い。ほとんど同年齢で、飛び抜けた奴もいない。それで、君を思い出したわけだ。

昔、東大病院で一緒だった頃、二人で理想的な病院を造ろうと話し合ったのを憶《おぼ》えているかい。俺はよく憶えているぞ。

その夢を今果たしたい。あの頃の理想とは少々離れてるかもしれんが、君の希望はできる限り入れさせてもらうつもりだよ。

ぜひ、外科部長のポストについてほしい。君ほどの人が、もうメスを手離してしまうのは、あまりに惜しいよ。

実を言うと、この話は久仁子さんにも言っていない。久仁子さんは久仁子さんで、自分の病院に君を呼び戻したがっている。君は引張りだこってわけだ。

しかし、事情を話せば久仁子さんも分ってくれると思う。君のことをずいぶん心配していた。

そこへこもって、二年間、一度も会ってないっていうじゃないか。たまには顔を見せてやれよ。

まあ、俺には、君がそうして人嫌いになっている理由が分らないでもない。君は才能に恵まれながら、弟さんのことや何かで、ついてない男だったからな。

何もかもが嫌になって、逃げ出したくなるのも分るよ。しかし、医者ってのは、一生医者なんだ。サラリーマンは会社を辞めりゃ、ただの人間だが、医者は病院を辞めても、注射一本持ってなくても、やっぱり医者なのさ。

君も一生医者でいることからは逃げられない。それならどうだね。いっそ、医学の世界に戻っては。

外科部長なら、誰もあれこれとやかましく干渉しない。君の自由にやっていいんだ。

君も知っての通り、俺は昔から医者らしからぬ、金勘定の得意な男だ。予算を沢山ぶん奪《ど》って、君に使わせてやるよ。

ぜひ引き受けてくれ。断るなんて言うなよ、頼むぜ。

病院の詳細が知りたいだろう。今度、そっちへ訪ねて行く。青写真やら何やら、ドサッと持って行って、君を説得してみせるからな。

その内、また連絡する。

板谷〉

老人は手紙を読み終えると、大きく二度、息をついた。

手紙を持つ手が震えていた。――やおら、両手で手紙を乱暴に引き裂くと、両手で握りつぶし、床へ投げつけた。

それが粉々に砕けてほしいとでもいう様子だった。

老人は両手に顔を埋め、しばらく、興奮を鎮めようとしているようだったが、やがて顔を上げると、棚の上の人形を見た。

「――お前が来てから、ろくなことがないな。疫病神か、お前は？」

老人は力ない笑顔を作った。「お前を直してやるんじゃなかった」

人形は黙って、老人を見返しているようだった。


老人は、大きな、ゴミ用のポリバケツを洗っていた。

浴室は、バス・トイレ一体のユニットで、それだけに狭い。大きなバケツを洗うのは大仕事だった。

終ったときには、はねた水で、ズボンはびしょ濡《ぬ》れである。そのバケツを、老人は、両手で引きずるようにして、ポーチの陽だまりへ出した。

こういう所に暮しているので、ゴミの始末が大変なせいだろう、ゴミ用のポリバケツも、一般のものよりずっと大きい。

運び終えると、息をついて、居間でしばらく休憩ということになった。

「夜まで待つかな……。それとも、もう捜し始めているとしたら、早い方がいいか……」

老人はラジオを持って来て、スイッチを入れた。

三十分以上待って、やっとニュースになったが、少女のことは何も言わなかった。死体でも見付からなければニュースにはならないのだろう。

「どうせすぐ陽が落ちる。——陽が沈んだ後は、真夜中も一緒だ」

老人は、疲れを覚えたのか、ソファに横になった。そして、目を軽く閉じた。


ふと目を開いて、老人は驚いて身を起こした。

部屋はすっかり暗くなっていた。——明りを点《つ》けてみると、七時少し前だった。

「やれやれ……。眠っちまった」

と自分へ言いわけするように言った。「出かけなくちゃならんな」

ジャンパーを着込んで、革の手袋をはめた老人は、ポーチから、ポリバケツを引張って降りると、地面を引きずって、家の横手へ回った。

今夜は、穏やかな月夜だった。老人は、少女の死体を引張り出すと、ポリバケツを横倒しにして、少女を中へ入れようとした。

すでに硬直し切った死体は、まるで品物のように見える。マネキン人形か何かのようで、月の光の下なので一層そうなのに違いない。

老人は必死だった。死体を足の方から、何とかバケツの中へ押し込んだものの、体はどうやっても曲がらない。そのままバケツを立てようとすると、いくら大型のバケツでも、上半身が外へ出てしまうので、安定が悪い。あっと思ったときは、支える間もなく、バケツごと倒れて、死体は飛び出してしまった。

老人は舌打ちした。もう一度、今度は死体のワンピースのえりをつかんで引きずると、バケツへ頭の方から押し込んでやる。

「よし……。これで行こう」

ジャンパーのポケットから荷物用の紐《ひも》を取り出し、バケツの、蓋《ふた》を止めておく穴に結んで、それから、いよいよバケツを立てることになる。

引張り上げるのは無理なので、死体の足の下へ腕を回して、体ごと持ち上げる。――思ったより楽な様子で、バケツが立った。

どうにも異様な光景である。

月の光の下で、ポリバケツから、白い足が二本、真直ぐに突き出ている。

老人は、それを、引きずって歩き出した。

広い草原を、老人が汗を浮かべながら、白い足が天に向って突き出ているポリバケツを、引張っている様子は、誰かが見れば、コミカルな戯画のようにも見えたかもしれない。草の上が、意外によく滑るせいか、倒れたり、転がることもなく、ポリバケツは引張られて行った。

老人は、途中、ほぼ半分来たところで、立ち止まった。さすがに軽くはない。息を切らして、草の上へ座り込んでしまう。

額の汗をハンカチで拭《ぬぐ》って、月光の下の世界を眺め回す。

静寂そのものの世界。絵のような世界——いや、見る者が絵の中へ入り込んだような気さえ起こさせる世界だ。

老人は隣にあるポリバケツと、高く突き出た白い二本の足を見た。見ている内に、消えてなくなってくれるのではないかと、念じているような目つきだった。

しばらく座って、少し疲れも取れたのか、老人はまた立ち上って、バケツを引張り始めた。

森まで、もう少しという所で、老人は、ふと、何か黄色い光の点が、二つ三つ、低い方の土地を動いているのに気付いた。

見ている内に、その点は十以上に増え、動きながら、近付いて来る様子だった。

「捜しに来たな」

老人は呟《つぶや》いた。「急がないといかん」

必死にポリバケツを引張って、森まで辿《たど》り着いたものの、その先は、木の根が縦横に張っているので、進めない。

バケツを持って戻る時間も必要なのだ。老人はバケツを横倒しにして、死体を引張り出すと、バケツを手近な木の後ろへ隠した。

それから死体の両腕をつかんで引張って立たせると、背中を向けて、死体を背負った。

真っ暗な森の中へと、足を踏み込んだものの、たちまち根につまずいて転びかける。死体はそのまま地面へ倒れ込んだ。

気が付くと、さっきはずっと遠く見えた灯が、かなり近くまでやって来ている。

老人は急いで、森から出ようとしたが、バケツを持って帰らねばならない。

間に合うかどうか。何しろ月の光に照らされて、草原を家までバケツを引張って帰るのだ。見付からずに済むだろうか?

しかし、ここでぐずぐずしてはいられないのだ。——老人は、バケツを取って来た。今度は少し下り坂ということもあって、大分はかどるが、それでも、いつ、あの黄色い灯がこっちへ向って来るかと気が気でない様子。

振り返り振り返り、老人はやっと家へ辿り着いた。

ともあれ、バケツを裏手へ運んでおいて、それから家へ入った。

老人は居間へ入るなり、そのままソファへ身を投げ出した。

すっかり疲れ切ったという様子で、喘《あえ》ぎながら、

「お前も、お茶ぐらい出してくれよ」

と、棚の上でのんびり笑っている人形へ向って言ってやった。

「被害者は××郡××町に住む会社員、千田昌和《せんだまさかず》さんの次女で十五歳の克子《かつこ》さんと分りました。克子さんは、一昨日の夕方、友達の家へ行くと言って自宅を出たきり行方が分らず、昨日、警察へ捜索願いが出ていたものです。死体が発見されたのは、滅多に人の通らない森の外れです。当局の捜査によりますと、死体は動かされた形跡もあり、この森で殺されたのかどうか、まだ断定できないということです」

ニュースが変った。

老人はラジオを止めた。——朝食のトーストは一口かじったままだったが、老人は一向に食の進まない様子で、コーヒーをがぶ飲みすると、そのまま流しへ持って行き、トーストは捨ててしまった。

老人は手早く、慣れた手つきで皿や茶碗《ちゃわん》を洗うと、居間へ歩いて行った。

窓から、遠い黒い森の方へと目を向ける。

森のあたりは、いつになくざわついていた。——老人の目にも、停っている警察の車が見えた。

老人は落ち着かない様子で、居間を歩き回った。

「落ち着け……。大丈夫。……心配することはないんだ」

自分を励ます言葉は、むしろ祈りに近い口調だった。老人は、ふと何かを思い出した様子で、台所へ入って行くと、しばし何かをかき回しているようなガタガタとした音が聞こえて——古ぼけた双眼鏡を手に出て来た。

老人は窓辺に立つと、双眼鏡を目に当てて森の方を見やった。

小型の、トラックのようなものが、停っている。——刑事らしい者、制服の警官、そして、制服とは言っても、作業服に近いような服装の者が、三人ほど目につく。その一人が、トラックの後ろの扉を開けた。

流れるような滑らかな動きで、シェパードが飛び出して来る。

「犬か！」

老人が呟いた。

一匹ではない。三匹、四匹……。勢いよく吠《ほ》え立て、狭い所から解放されて喜んでいるように、飛びはねている。

作業服姿の男が、手袋をした手に、白っぽい女物の靴を持って、犬たちへ見せた。犬がその靴へ、鼻づらをすり寄せて匂いをかいでいる。

「——ここへ来るぞ」

老人は、そう呟いて、唾《つば》を飲み込んだ。「放っといてくれ！　ここへ来ないでくれ！」

犬たちが、死体のあった場所へ連れて行かれるのだろう、森の中へと消えた。

老人は双眼鏡を下ろして、思い切ったように電話へ駆け寄った。

「——待田警部さんをお願いします」

と老人は言った。

「――はい、何でしょうか」

声が違う。老人は、

「あの、待田警部さんですか?」

「松田ですが」

「いや――待田という警部さんにお願いしたいんですが」

「待田?――そんな名の奴はいませんがねえ」

「いない?」

老人は訊《き》き返した。「確かですか?」

「警部、ですね? それじゃいませんよ。そう大勢はいませんからね、警部というのは」

「そうですか……」

向うは不思議そうに、

「何かご用なら承りますよ」

と言った。

「いや、個人的なことで……。結構です。どうも」

老人は電話を切った。

「どうなってるんだ?」

と呟く。「――待田。確かに県警の待田だ、と言った……」

老人は、立ち上ると、もう一度双眼鏡を手に取って、窓辺へ寄った。

——森の前には、人影がなかった。車が置いたままで、全員森の中に入っているようだ。ガラス越しなので、よく見えない。

老人は双眼鏡を手に、玄関からポーチへ出た。森の方へ面した側へ来て、双眼鏡のレンズをハンカチで拭うと、目に当てた。

穏やかな朝だった。風もなく、静かで、つい昨夜、死体がその草原を横切って行ったとは信じられないような、平和な風景だった。

森が、さっきよりは大分鮮明に見える。

突然、男が森から飛び出して来た。——見るからに薄汚れた、浮浪者風の男だ。ひどくあわてふためいて、必死に走って来る。

それも当然で、森から続いて飛び出して来たのは、さっきのシェパードたちだった。吠え立てながら、猛然と男を追っている。そして、警官たちも、森から走り出て来た。

木の根につまずいて、二人転んだ。

男の方は草原を必死に走っているが、近付いて来るにつれ、不精ひげに覆われた顔、ボロ同然の服装など、到底、シェパードと競争できる栄養を取っているとは考えられない。

ものの五十メートルと行かない内に、シェパードたちの、バネのような足が男に追いついて、四匹が次々に男めがけて宙を飛んだ。

男が転倒して、犬を振り払おうと手を振り回すが、訓練された警察犬には、そんな抵抗など何の役にも立たない。男の体へ前肢をかけて、唸《うな》り、吠えたてている。

老人の耳にも、その声がこだまを伴って聞こえて来た。

警官たちが追いついて、犬を離すと、男を引きずるようにして立たせた。

男が手錠をかけられ、背中を突き飛ばされてよろめくように歩き出す。刑事たち、警官たちが忙しく駆け回っている。

「――あいつが犯人か」

老人は拍子抜けしたような声で言った。

表情が緩んだ。もう一度、双眼鏡を目に当て直す。

パトカーの前に、男は立たされていた。がっくりと肩を落として、うなだれている。刑事が中の無線を取って、連絡しているようだった。

――不意に、男が走り出した。

全く、今の今まで、歩くのもやっとという様子だったので、誰もが油断していたらしい。一瞬、誰も男の後を追わなかった。

男は、そのくたびれ切ったような風態《ふうてい》から想像もつかない、恐ろしいほどの走りっぷりで、草原を突っ走った。

下り斜面で、勢いがついている。やっと刑事たちが騒いで後を追い始めた。

もう犬たちがトラックへ戻されてしまっていたのが、男にとっては幸いだった。

老人は、男の姿を追い続けた。草原を横切るのでなく、駆け下りたのは、直感的なものにせよ、正しい判断だったろう。

追われる者は必死だ。転倒する危険など構わずに、大股《おおまた》に宙を飛ぶように走って行く。刑事たちは、あわてたせいもあってか、二、三人が続けざまに転んだ。その他の警官たちも、平らな所ほどには走れない。

男は、開けた草原から、山の裾《すそ》へ続いている茂みの中へと飛び込むつもりに違いなかった。真直ぐ降りてしまえば町へ出るし、却《かえ》って人目につくにせよ、茂みへ入ってしまえば、方向を変えて、どこへでも向かえる。

追う側にとっては、逃げ込まれては面倒なことになるのは分り切っている。

刑事たちも、今は必死の形相だった。男との差が一向に詰まらないので、このままでは逃げられると判断したらしい。

老人は、

「いかん！」

と呟《つぶや》いた。——刑事が拳銃《けんじゅう》を抜いて、足を止めると、地面に片膝《かたひざ》をついた。両手で拳銃を構えると、一発、宙へ向けて撃った。

男は全く止まる気配がなかった。もう茂みは十メートル先だった。

「止まれ！」

刑事の叫び声が老人の耳にも届いた。老人の双眼鏡が、今まさに茂みへ向って身を躍らせた男を捉《とら》えた。

銃声が大きく響いた。そして、山間の大気に、何度も、何度も、こだまを返し続けた。

「——男は四十歳ぐらい、やせて、身長一メートル七十センチほどということです。逃走の際、警官の撃った弾丸に当って負傷している模様で、警察では、各家庭とも、充分に戸締りをして、用心するよう呼びかけています。くり返します。連続少女暴行殺人の容疑者とみられる男が——」

老人はスイッチを切った。

「逃げられたことは伏せたままか。——いい気なもんだ」

と、鼻先で笑うと、棚の人形へ目を向けた。

「不思議なもんだな。こっちには縁もゆかりもない男だが、あのときには、逃げてくれ、と祈っていたな。そういうもんだ。違うかな？」

老人は、テーブルの上を見て、苦笑した。何日分かの新聞が、積まれている。

「これじゃ新聞の意味がないな」

と首を振って、一番上の一日分を取り上げ、二、三ページ、目を通したとき、電話が鳴った。

「はい」

「板谷だよ」

元気のいい声が飛び出して来た。

「やあ」

「手紙、読んでくれたか？」

老人は一瞬間を置いてから、

「読んだよ」

　と答えた。

「で、返事は？　もちろんイエスだろうな」

「残念だが、その気はないよ」

「おい、がっかりさせないでくれ。——ま、久仁子さんの話から、その返事は予想しないじゃなかったんだ」

「分ってくれ——」

「まあ待てよ。君だって、俺の構想を聞けばきっと気が変るさ」

　自信の溢《あふ》れた声だった。

「いや、だめなんだよ」

「聞けってば。ともかく一度、そっちへ行く」

「それは困る」

　老人は強い口調で言った。

「むだだよ。必ず行く。まあ、すぐには忙しくて無理だが、近い内にね。病院の理想、医療を語り合おうじゃないか。まだウィスキーはオールドパーなのか？　一本持って行くぜ。どうせそっちには、そんなものはないんだろうからな」

「おい、聞け。来ないでくれ」

「じゃ、そのときにな。必ず気を変えさせてみせるぜ」

「やめてくれ！　どうして俺をそっとしておいてくれないんだ！　放っといてくれ！」

老人は言葉を切った。――すでに電話は沈黙していたのだ。

受話器を置くと、老人は立ち上って、窓辺へ行った。カーテンを開けると、また風が出て来たようで、窓が鳴った。

もう夜になっていた。――昨夜のように月明りではあったが、雲が出て、風で走っているようだ。

草原は暗くなってはまた明るくなった。

かなたに、黒い森があった。それはうずくまった黒い豹《ひょう》のようにも見えた。

黒々と、静かなのに、決して眠っているようには見えない。

老人は、じっと森を見つめていた。月明りが遮られて、一瞬闇に溶けるが、またすぐに現れる。その度に、森が近づいて来る、そんな錯覚すら起こさせるようだった。

「森が動いて来るまでは……」

老人が、ポツリと呟いた。

# 第二章　鎖

## 1

茂みが揺れた。

風にそよぐ、といった穏やかな動きではない。何かがその中を駆け抜けて行ったのに違いなかった。

夜が、総《すべ》てを押し包んでいる。遠くに黒い森がうずくまって、いつまでも獲物を待ち続ける獣のように、その内に暗い意志を秘めているように見える。

もう一度、茂みが揺れて、男の顔が突き出た。——乱れ切った髪、疲労の色の濃い表情、ひげが薄汚なくのびた、やせこけた頬。

息づかいが、今にもパタリと止ってしまいそうな、弱々しさだった。

森から逃げ出して、警察の手を辛くも逃れた、あの浮浪者である。

四十前後とも見えたが、むしろ、こういう人間らしく、年齢が判然としないところがあって、そこが奇妙な不気味さを感じさせる。

男は、最初に警察から逃れて駆け込んだ地点へと戻って来ていた。黒い森と、反対側には、山小屋風の家が見える。家の窓に、黄色い光が映っていた。

男は、しばらく、黒い森の方を見ていた。そこから何かが飛び出して来るのではないかと疑うように。——だが、森は静かだった。

男はそっと茂みから姿を現した。両手の手錠が、金属音をたてる。左足を少し引きずるようにしていた。太腿《ふともも》のあたりが、切れて、血が広がっている。足を運ぶと、苦痛で短い声が上って、顔が歪《ゆが》んだ。

しかし、何かにせき立てられるように、男の足は、明るい窓の方向へと向っていた。片足を引きずりながら、息づかいが喘《あえ》ぐように激しい。痛みをこらえているのだろう、顔面がしばしば歪んだ。

その家は一向に近付いて来ないようだった。男の視界は激しく揺れ動いて、その家が、まるで嵐の海にもまれる船のように映った。辿《たど》り着く前に、粉々に砕けてしまうのではないか。——そんな不安の色が、男の目に浮かんだ。

それでも少しずつ、少しずつ、その明るい窓が近付いて来る。

「もう少し……もう少しだ」

ほとんど声にならない苦しげな息が、男の喉《のど》から洩《も》れた。

突然、足が激しく痛んだのか、男は引きつったような声を上げると、その場へ倒れた。

老人は、顔を上げた。

ソファで、ついうとうとしていたようだ。頭を大きく何度か振って、両手で首の後ろをもみほぐすようにしながら、天井を仰いだ。——一時の眠りが、却《かえ》って、深い疲労を呼びさましたのかもしれない。けだるい様子で、前かがみになって、頭を抱えた。

何度か息をつき、深い呼吸をくり返すと、大きな欠伸《あくび》をした。やっと立つ気になったらしい。

窓のカーテンが開いたままだ。老人は大儀そうに足を引きずって、窓辺へ歩み寄ると、表を見た。

静まり返った夜に、動く物の影とてなかった。——遠くの森が何となくざわめいて見えるのは、気のせいだったろうか。

老人はカーテンを引いた。


ダイニングのテーブルに、夕食の仕度が済んでいた。老人は、ほとんど習慣的な手つきで、ポータブルラジオのスイッチを入れる。

軽音楽が、やや金属的な騒々しい音で鳴り始めた。

缶詰から出して温めたビーフシチューに、ちぎったパンを浸しては食べる。量はそれほどでもないが、食べ方は、充分な食欲を示していた。

柔らかい肉をゆっくりとかみながら、その崩れて行くような歯ごたえを味わっているようすで、一瞬、満ち足りた表情が、老人の顔に微笑を誘った。

スープ、スイートコーン、シチュー、全部調理済の缶詰で、空缶が同じテーブルに置いてあった。――悪くない、とでもいうように、首を振る。

ゆっくり食べても、一人きりの食事は早く終ってしまう。ほんの二十分ほどで食べ終えると、老人は一息ついてから、汚れた皿を流しへ運んで、水を張っておいた。空缶は傍の屑《くず》かごへ捨てようとしたが、もう一杯だった。

老人は大きな紙袋を持って来ると、袋の口を開いて底を手で押し広げ、床へ立たせた。屑かごを持ち上げて、中味を袋の中へと移しかえる。丸めた紙くずと、空缶が一つ、はみ出して転がり出たが、何とか手ぎわよく移し終えた。老人は空缶を拾って紙袋へ入れると、袋の口を絞って、固くねじった。

袋を手にさげて、老人は台所から居間の方へ出て行った。

玄関から出ると、老人は、ポーチをぐるりと回って歩いて行った。

裏に置いたポリバケツの蓋《ふた》を開ける。中は空っぽだ。

一瞬、あの少女の白い足がバケツから突き出していた、その記憶が点滅する。老人は、何かをふっ切ろうとするように、そのバケツの中へ、紙袋を投げ入れた。ほとんど叩《たた》きつけるような勢いだった。

元通りに蓋を閉じると、老人は肩で一つ息をついた。

ポーチを戻りかけて、足を止める。あの森が、正面、遠くに眺められる。月夜だが、不思議に暗い夜だった。風がやんで、雲があまり動かないのが、むしろ暗さを強調しているようだ。

「――静かだ」

老人が呟《つぶや》いた。救われたような、平和な表情になって、いつまでも、そのままでいたい様子で、手すりにつかまったなり、じっと立っていた。

男は、ポーチの下に潜り込んで、息を殺していた。頭の真上に、老人が立っていたのだ。少しでも身動きすれば、感づかれる。男は呼吸すら止めんばかりに、地面に横たわっていた。

老人は一度大きく深呼吸をすると、のんびりと歩いて行った。

ポーチの下で、男がぐったりとして、息を吐き出した。

「畜生！」

一言、吐き捨てるように言った。

老人が玄関のドアを開け閉めする音が、静寂の中に響いた。


老人は思い切り、熱い湯を浴びた。

狭い浴室の中は、湯気が立ちこめて、さながら濃霧のロンドンというところだった。

浴室自体は古びて、塗装がところどころはげ落ちているし、小窓は開いたまま錆《さ》びついているが、浴槽だけは新しい。

思い切り手足をのばすほどの広さはないのだが、それでも浴槽に全身をつけて、老人は快さそうに目を閉じた。

「風呂《ふろ》が一番だ……」

と呟きが洩れる。

老人の頭上の小窓に、何かが動いて、二つの眼が、浴室の中を覗《のぞ》き込んだ。

老人が鼻歌を歌い出した。まるで、メロディーになっていない。いびきと寝言の中間みたいなものである。目を閉じているので、よけいに居眠りをしているように見えた。

ガタッと外で音がして、老人が弾《はじ》かれたように目を見開いて身を起こした。

小窓の方を見上げたが、そこには何もなかった。老人は浴槽の中に立って、じっと息を殺して、外の物音に耳を澄ました。

給湯の蛇口から滴る水音の他は、ただ静寂だけ……。

老人は、しばらくじっとしていたが、やがて、浴槽から出た。水音が今までの静寂に、思いがけないほど大きく響いた。老人は浴室のドアを開けると、そのまま音をたてて閉めた。そして、浴槽の方へ、そっと戻ると、じっと耳を澄ます。

何かを引きずるような音がして、ポーチの手すりがきしんだ。そして、地面へ、ドサッと何かが落ちる音が続いた。

老人は静かに息を吐き出した。そして、素早く浴室を出て行った。

老人は手早く下着を身につけて、タオル地のガウンをはおった。スリッパを引っかけ、急いで玄関へ走った。

玄関の鍵《かぎ》がちゃんとかかって、チェーンもかけてあることを確かめると、今度は窓だ。老人は精一杯の足取りで、一つ一つ、窓のロックをしっかりとかけ直して行く。

一通り終ると、老人は息を弾ませていた。居間の中央に立って、じっと耳を澄ます。――しばらくそのまま立っていたが、それらしい物音一つ聞こえないので、少し安心したように息を洩らした。

ソファに座ると、まだ濡《ぬ》れたままの髪をガウンの袖《そで》でうるさそうにかき上げる。

「もっと……何とかせんと……」

と、苛立《いらだ》たしげに呟くと、眉《まゆ》を寄せて、考え込んだ。指がせわしなく動いて、内心の焦燥を現している。

「そうだ」

何か考えついたらしい。老人は立ち上った。


老人は、空になった醤油《しょうゆ》の一升びんを紙袋の中へ入れた。といっても、一升びんの方が背が高いので、細くなる頭の部分がまるまる袋から外へ突き出していたのだが。

紙袋の口を、びんの首へすぼめておいて、輪ゴムをかけ、びんの頭を持った。

「さて……どこがいいかな……」

老人は台所から出て来ると、その場に立って左右を見回していたが、やがて、居間の隅の、逆柱が少し出張った部分に目を止めると、そこへ歩いて行って、びんの首を両手でつかんだ。

さに――つまり、野球のバットでも持つようにつかんだのである。

そして、本当に野球そのもののように、びんを持ち上げて、構えた。両足を開いて、腰を落として身構えるのだが、一向に決まらず、フラフラしている。自分で苦笑して、

「ホームランは無理かな」

と呟く。

ともかく、紙袋に入れたびんを、柱の角へぶち当てるべく、二度、三度と、ゆっくり振って、軌跡を確かめた。

「よし……やるぞ」

自分を励ますセリフのようだった。唇を軽くなめると、じっとびんを引いておいて、力任せに――叩いたつもりが、手が力を抜いてしまったらしい。ゴン、という音がしただけで、びんはびくともしなかったようだ。

「だらしがないぞ!」

びんに向って、照れくさそうに文句を言っておいて、もう一度、試みることにする。今度は目をつぶって、かけ声と共に柱の角へ。パシッという音と共に、紙袋が歪《ゆが》んだ。

老人はホッと息をついて、そのまま紙袋を下へ置いた。

恐る恐る輪ゴムを外し、袋から、びんの頭部を抜き取る。――ぎざぎざに裂けた割れ口が、光った。袋の中は、破片がたまって、紙袋を軽く揺すると、ガラスの触れ合う、ぞっとするような音がした。

老人は、新聞紙を何枚か取って来ると、ガラスの破片の入った紙袋を手に、居間の窓へと歩いて行った。

窓の真下に新聞紙を広げ、そこへ紙袋から、ガラスの破片をいくつか振り出しておいた。

老人は指先で、ガラスの鋭い突端にそっと触れると、

「これで、入って来れば足を刺されるぞ」

と呟いた。それから、急にハッとした様子で、

「しまった。——どうせ靴をはいてるのか!」

と呟いた。うんざりした顔で首を振りながら、

「全く……何て間抜けなんだ」

と自嘲《じちよう》気味に言った。「まあ……音ぐらいは聞こえるさ」

老人は、次の窓の下へと歩いて行った。


「——さて、寝るか」

老人はパジャマ姿で、台所から出て来た。手に、小さな肉切り包丁を持っている。先が尖《とが》った、まだあまり使っていない品だ。

老人は居間の明りを消そうとして、思い直したように、手を引っ込めた。

人形が、棚の上から、そんな老人の様子を眺めている。老人は人形を見ると、ふっと笑みを浮かべて、言った。

「お前を監視役に任命するぞ。もし、居眠りでもしたら……」と歩み寄って、包丁の先を、人形の喉《のど》もとへ当てた。「お前を首切りの刑に処す。分ったか？」

人形の笑顔が、冷ややかに見える。

老人は手にした包丁の切っ先を、人形の喉へ押し当てた。プツッと音がして、布が切れたらしい。刃が少し、人形の喉に突き刺さった。

老人の顔に、奇妙な緊張が広がった。メガネの奥で、目が見開かれた。瞼《まぶた》が細かく震える。その震えが、頬に、次第に広がって行った。

老人の手が包丁を押した。鋭い尖端《せんたん》が、少しずつ、人形の喉へと、吸い込まれるように食い込んで行く。

老人の息づかいが荒くなった。口が開いて、呼吸が早まった。――女を抱いているときのような、早まり方のテンポだ。

老人は、思い切り、包丁を人形の喉へ突き刺した。包丁の尖端が、人形の後頭部から突き出した。

――急に、老人は疲れたように肩を落とした。

包丁を抜こうとすると、人形がついて来る。左手で人形を押えながら、そっと包丁を引き抜いた。

人形の表情は一向に変らなかった。当然のことながら……。

「不死身だな、お前は」

老人が、低い声で言った。努めて気楽に言おうとしているようだったが、その声も、それに続く笑い声も、微《かす》かな震えを帯びて、口調の軽さを裏切っていた。

「おやすみ」

と言って、寝室へ向う老人の足が、少しもつれた。

寝室へ入ると、老人は包丁を、ベッドのわきの台へ、目覚し時計と並べて置くと、ベッドへ腰をかけて、しばらくぼんやりと、その包丁の刃を見つめていた。

おさまっていた震えが、再び、老人の頰を小刻みに揺さぶりつつあった。押えつけても、押え切れない、噴き上がる何かが、老人を圧倒しつつあるように見えた。

こめかみに汗が浮いた。老人はメガネを外し、親指と人さし指で、閉じた両目の瞼を強く押えた。

光の溢《あふ》れた部屋。総《すべ》てが白い。露光オーバーの写真のように、白い光が溢れている。

少女の滑らかな裸身が横たわっている。処女雪に覆われた山肌のような、微妙な曲線と起伏。手に触れれば消えてなくなりそうな、脆《もろ》い、美しさ。

息をすることさえはばかられるような、白い光に包まれた陶器の肌。

突然、その肌が切り裂かれる。血が迸《ほとばし》る。鮮血が滝のように脇腹を流れ落ちる。いつまでも止まらずに流れ続ける。肌が青ざめて来る。暖い血を秘めた白さが、冷たい、死を抱いた白さに変って行く。

突然少女が起き上る。白眼をむいた死顔。その顔が、歪んだ笑いを浮かべて、歯を見せる。

真中の歯が、ポロリと落ちた。そしてもう一つ。もう一つ。もう一つ……。


老人は、目をカッと見開いた。

目覚し時計が、時を刻んでいる。

老人は明りを消すと、急いでベッドへと潜り込んだ。

寝室は、夜の暗さの底に沈んだ。居間の方から、洩《も》れて来る光が、わずかに、息づかいにつれて上下する、毛布の輪郭を、暗がりの中に浮き出させていた。

## 2

小鳥の声が、老人の目を覚ました。平凡な朝だった。

老人は目覚し時計を見て、目を何度かしばたたいた。

「もう八時半？——やれやれ」

と体を起こして、肉切り包丁に気付いた。

老人はベッドから出ると、カーテンを開けようとして、

「おっと……。危い、危い」

昨晩、自分で仕掛けておいたガラスの破片を、危く踏みつけるところだったのだ。

「下手をすりゃ大けがだ……」

と老人は苦笑した。

ガラスの破片が並んだ新聞紙を、両端からそっとつまんで、破片がこぼれないように用心しながら、そろそろと運んで行く。台所の屑《くず》かごへと新聞紙ごと落とした。

それから居間へと入って行った。

まだ明りがつけっ放しになっている。老人は明りを消して、窓のカーテンを開け、新聞紙を拾い上げようとかがみ込んで——ハッと顔を上げた。

窓のガラスが、割られている。

「騒ぐなよ」

突然、背後で声がした。振り向こうとするより早く、二本の腕が老人の首を後ろからぐいと抱いたと思うと、一方の手に持った、大きなガラスの破片の尖ったあたりを、老人の喉へ押し当てた。

老人は息を殺した。唾《つば》を飲み込めば、喉が切れそうな気がした。

棚の上から、人形がその光景を眺めている。

「言うことを聞かねえと、殺してやる。いいか」

男の声は、あまり元気がいいとは言えなかった。ともすれば上ずって、かすれがちだった。

「分ったのか！」

そう訊《き》かれても、喉にぴったりとガラスの破片を押し当てられていては、肯《うなず》くこともできない。

「分った……」

老人は、喉の奥から絞り出すような声を出した。「離してくれ……」

「よし。妙な真似をしやがると、ただじゃおかねえぞ」

「分ってるよ」

腕が解けて、老人はよろけた。思わず手が喉を探る。

振り向くと、あの、双眼鏡で見た、浮浪者らしい男が立っている。目が充血して、疲労の色が濃い。

老人が、じっとその男を見つめながら言った。

「何か食べるかね」

「ああ。何か出せ！　何でもいい！」

老人は台所へ向って歩き出した。男がついて来たが——老人は振り向くと、男の足を見やった。

「どうした？　けがしてるのか？」

「大きなお世話だ」

「警官に撃たれた傷だな」

「よく知ってるじゃねえか」

「そのポーチから見ていたよ」

「そうか――」

男は嘲《あざ》けるように笑って、「あのときはよく走った。走りっぷりも見たかい？」

「ああ」

老人は傷の方へかがみ込もうとした。男が警戒心をむき出して、

「近寄るな！」

と後ずさりした。

「ひどい傷じゃないか」

と老人は言った。――ズボンの、外側が真直ぐに切れて、血が広がっていた。もちろん変色して、黒ずんだ色になっている。

「弾丸は抜けたんだね」

「ああ。かすり傷だ。早く、食い物をよこせ！」

「傷の手当をしよう。私はもと医者だったんだ」

「医者？」

「そうだ。そんな傷を不潔なままにしておいたら敗血症になる。足を切断しなきゃならなくなるぞ」

男はじっと老人の顔を見つめた。どこまで信用していいのか、値ぶみしているという顔だった。

「後でいいだろう」

と男はしばらくしてから言った。「食い物が先だ」

「早くしないと手遅れになる。ちょっとの差で足が助かるかもしれん。食べる方は後でもいいだろう。先に手当を――」

「うるせえ！　食い物だ！」

老人は肩をすくめた。

「分ったよ。しかし、食べ終ったら、ちゃんと治療させてくれ」

「いいとも」

老人は台所へ入ると、冷蔵庫を開いた。

「――すぐ食べられるものがいいんだろう」

「ああ、何でもいいんだ」

男は、台所へ入るなり、椅子にどかっと腰をおろした。かなり参っているようだ。

老人は、ハムを切ってやり、チーズと一緒にサンドイッチにしてやった。男は、紅茶も出ない内から、貪《むさぼ》り食った。

もうずいぶん長くまともに食べていないのだろう、サンドイッチを持つ手錠をかけたままの手が、小刻みに震えている。

作ったサンドイッチが、たちまちの内に消えた。老人は半ば呆《あき》れたような顔でそれを見ていたが、

「急に食べるのは、胃をおかしくするぞ」と言った。「また後で食べればいい。ともかく傷の手当を……」

「分ったよ」

男は渋々肯いた。

「居間へ来てくれ。今、救急箱を取って来るから」

「待ちな。妙なことしやがると……」

老人は、ちょっと苦笑いした。

「そんな足を引きずってるんじゃ、こっちが逃げる気になりゃ簡単だ。その気ならとっくに逃げ出してるさ」

男はつまらなそうな顔で、何か言いたげにしたが、やめて肩をすくめた。

「我慢しろ」

と老人は、ガーゼで、消毒液の泡を、傷口から拭《ふ》き取った。「手遅れでないことを祈るんだな。少なくとも、しばらくは安静にしていないといけない」

男が悲鳴を上げた。

「安静だって？　言ってくれるぜ」

と男はせせら笑った。「安静にしてりゃ、たちまち警官たちが押し寄せるんだ」

老人は黙って治療を続けた。包帯を男の足に強く巻きつけると、男が軽く顔をしかめた。

「——本当にやったのか?」

と老人が訊いた。

「何の話だよ」

「決まってるだろう。例の少女殺しだ」

男は軽く笑いながら、

「どう思う?」

と逆に訊き返した。

「お前じゃあるまい」

老人が大して関心もなさそうな口調で言った。

「どうしてそう思うんだ?」

「いかにもやりそうに見えるからだよ。さあ、一応これでいい。しかし、本当は大きな病院へ行かんと危いがな」

男はフンと鼻先で笑って、

「医者なんかくそくらえだ!」

と吐き捨てるように言った。

「痛みがなくなるとみんなそう言うよ」

老人は救急箱の蓋《ふた》を閉じながら言った。「どうしてみんな医者が嫌いなのか、分るかね?」

「陰気くせえ顔をしてやがるからさ」

「違うね。みんな、自分の弱い所をさらけ出しているからさ。自分の一番醜い所をね。だから、医者を嫌うんだ」

男は不思議そうに老人を見て、

「理屈っぽいのも嫌われるぜ」

と言った。

「まだ何か食べるか？」

「ああ、やっと人並みの空腹ってやつになったところだ」

「食べられりゃ結構。――しかし、そのむさ苦しい格好は閉口だな。後で私の服を貸してやる。せっかく掃除している部屋を汚されちゃかなわん」

老人が台所へ戻って行く。男は、妙な奴だとでもいうように、首を振った。

老人が台所から出て来ると、寝室へ入って行った。

ベッドのわきのテーブルに、尖《とが》った肉切り包丁が置いたままになっている。老人は、チラリと居間の方へ注意を向けてから、それをベッドのマットレスの下へ滑り込ませた。

そして目覚し時計を手に、寝室を出た。

「だけど、お前、どうして俺のことを怖がらねえんだ？」

と、男は言った。老人が作ったカレーライスを、老人の、少なくとも三倍のスピードで平らげている。

「年を取ると、たいていのことは怖くなくなるものさ」

「そんなもんかな……」

「この辺に長くいるのか?」

「ほんの一週間足らずさ。それなのに、あんな目にあわされてよ。迷惑だぜ。全く」

「警察も焦ってるのさ。二年前から、似たような事件が続いている」

「俺は知らねえぜ。本当さ。ただ、あの森で休んでいたら、急に犬のやつが来て吠《ほ》え立てやがった。だから、あわてて逃げ出したのよ」

「そして警察に捕まった、か……」

「全く、ふざけやがって——」

男は、両手首をつなぎ止めている、冷たい手錠を見た。「こいつを何とか外したいんだが」

「分ってる。だが、それは私の力には余るな」

「やすりか何かねえのか?」

「残念ながらない。——自分でやる気があるなら、やすりを雑貨屋から持って来させてやる」

「ご親切だな」

男は、カレーを食べ終えると、やっと落ち着いたようだった。何となく、手持ちぶさたにしていたが、

「タバコ、あるか?」

と訊《き》いた。

「私は喫《す》わんのでね」

「そうか。じゃ仕方ねえ」

二人は、しばらく沈黙した。

老人は、立ち上ると、またガスに火を点《つ》けて、カレーを温めた。そして、皿を出して来ると、自分の朝食――というより、もう昼に近かったから、昼食だったかもしれない――を食べ始めた。

老人は、目の前に、手錠をかけたままの、逃亡者がいることなど、まるで意に介していない様子だった。誰もいないのと同じように、顔も向けずに、黙々と食べている。

男の方は、あまり面白くない、といった顔つきで、そんな老人を眺めていた。薄汚れて、それだけでも不機嫌に見える男の顔には、当惑の色が浮かんでいた。

傷の手当をしてもらい、食物ももらった。それでいて、どことなく信用できない、という思いが、はっきりと顔に出ている。

老人が一向に自分を恐れていないことへの落胆――失望に近い気持も、あるようだった。

老人は、ほとんど皿を空にしたところで、男の視線に気付いたように顔を上げた。

「まだ食べるか?」

男は首を振った。

「いや、今はもう沢山だ」

「そうか。遠慮しないで言ってくれ」

と老人は言って、「——ああ、そうだ。ニュースの時間だぞ」

と、ラジオのスイッチを入れた。ニュースはもう始まっていた。

「今日の閣議で——」

男が笑い出した。

「俺が内閣のニュースと一緒に出て来るのかい？」

「ローカルになれば言うさ。待ってなさい」

老人はカレーを食べ続けた。

ローカルニュースになって、アナウンサーの声が変った。

「連続少女暴行殺害事件の容疑者は、現在なお逃亡中です。県の警察本部では、地元青年団などの協力を得て、広範囲にわたる捜査をつづけていますが、今のところ手がかりは得られておりません。……」

ニュースが変ると、老人はラジオを止めた。

「全く、犯人扱いだぜ、ひどいもんだ」

と男は愚痴った。

「逃げるからだよ。疑われてもしょうがなかろう」

「じゃ、おとなしく捕まれっていうのか？　冗談じゃねえぜ。それこそ犯人に仕立て上げられちまう」

「前の事件のとき、この辺にいなかったことが分れば、見方も変って来るさ」

男は苛立《いらだ》った様子で、老人の方へ身を乗り出した。

「信用してねえな？　俺がやったと思ってるんだろう！」

男の激しい語気も、一向に老人を怯《おび》えさせることはできないようだった。老人は皿に残ったカレーをスプーンで集めると、一口、最後に放り込んでおいて、

「どうでもいいよ。私には関係ない」

と言った。

男は振り上げた拳《こぶし》のやり場がないという感じで、プイと横を向いてしまった。老人は皿を手に流しへ行くと、いつも通りに水につけておくことにしたようだった。


玄関の方に、車の音がして、男がハッと体を起こした。

居間のソファで、眠っていたのである。

「誰か来たぞ！　おい！」

低い声で囁《ささや》きながら見回す。——老人の姿は見えなかった。

「どこだ？　おい、爺《じい》さん、どこにいるんだよ？」

男はあわてて見回した。車の停る音がした。エンジンの音が減衰して消える。

男はソファから降りると、痛む方の足をかばいながら、台所を、寝室を覗《のぞ》いた。

「畜生！　どこだ！」

ポーチへ上って来る足音がした。

男は老人の寝室へ入ると、ドアの陰へと急いで回り込んだ。

足音は玄関で止まった。――そして、何かごそごそと音が聞こえていたが、やがて、またポーチから降りて行った。

男は、息を吐き出した。

車のドアの閉る音、エンジンが唸《うな》って、すぐに車が走り出す。――その音は、次第に遠ざかって行った。

男は居間へ戻ると、窓辺に寄って、表を見たが、もちろん、向きが違うので、走り去る車は見えなかった。

「脅かしやがって……」

と吐き捨てるように言って、明るい陽射しの満ちた戸外を、ざっと眺めた。その眼が、ふと止まって、ゆるやかな草原の、かなり上の方に、一つの小さな人影を捉《とら》えた。

老人が、コートを着て、杖《つえ》を手に、歩いているのだった。

「あんな所に……」

と呟《つぶや》いて、後の言葉は飲み込んでしまう。男は、居間の中を、歩き出した。

足の痛みも少しは軽いようだ。慣らしておくつもりなのか、少し足取りを早めて、居間の中を歩き回り始める。

二周、三周は楽だったが、四周目になって、ふっと膝《ひざ》の力が抜けたようによろめいた。

あわてて棚につかまる。

「これじゃ逃げられねえ……」

といまいましげに呟く。ふと、視線が棚の上の人形にひかれた。

「あの爺さんにしちゃ、可愛い趣味だぜ」

男は棚の上を見回した。

人形、お手玉、そして注射針が銀色に光っている。

男は、ちょっと好奇心に駆られたようで、その注射針を手に取って眺めた。それから肩をすくめて、棚へ戻すと、今度は人形を手に取る。指先で、縫い合せてある腹に触ってみた。人形の首が、少しぐらついた。

男は、人さし指で人形の顎《あご》を押し上げた。裂け目が、パックリと口を開けている。

玄関のドアが開いた。

「何を見ているんだね」

老人は、ドアのノブにまだ手をかけたまま、立っていた。

「なに、ちょっとご挨拶《あいさつ》さ」

と男は人形を棚へ戻した。「勝手にどこかへ行っちまって……。誰か来たんだ。気が気じゃなかったぜ」

「よく眠っていたからな」

老人はそう言いながら、玄関前のポーチに置かれている紙袋を持ち上げた。「起こしちゃ悪いと思ったのさ」

中へ入ってドアを閉め、鍵《かぎ》とチェーンをかける。

「さっきのは何だい？」

「雑貨屋だよ。電話すると、色々届けて来てくれるんだ」

「いなくていいのか？」

「金は封筒に入れて、玄関の外側へぶら下げておく。勝手に荷物を置いて、金を持って帰るのさ。私はいつもこの時間は散歩だからな、雑貨屋にはその間に来てくれ、と言ってあるんだ」

老人は紙袋の口を開けると、中を探った。

「どこかな……」

と呟いて、「ああ、これらしい。——そら、お待ちかねだ」

と、やすりを取り出した。

男が顔を輝かせた。ほとんど、引ったくるようにして、やすりを手にすると、

「すまねえな。じゃ、早速使わせてもらうぜ！」

と、ソファへ座ると、テーブルを手近に引き寄せて、両手をのせた。やりにくそうではあったが、何とかやすりを両手をつないだ錠の部分にあてて、こすり始める。

金属音が、耳に触るのか、老人は、ちょっと顔をしかめて、また袋をかかえると、台所へ入って行った。

老人は、ダイニングテーブルに紙袋を置くと、中の物をテーブルの上へ並べ始めた。

包帯、薬、ボールペン……。食物もある。ハム、ソーセージ、缶詰。

老人はチラリと居間の方を、うかがうように見た。やすりの音が聞こえている。

老人は紙袋の中から、そっと、ナイフを取り出した。よくある台所用の万能ナイフではなく、少し大きめの登山ナイフである。

老人はそのナイフを、流し台と、それに並んで置かれている冷蔵庫の間の、細い空間に、滑り込ませた。

それから、冷蔵庫を開けると、食物を中へしまい込み始めた。

3

「やったぞ!」

男が歓声を上げた。

真中で断ち切られた手錠は、まだそれぞれの手首に、執念深い蛇のように巻きついていたが、ともかく、両手を思い切り左右へ広げられるというのが、何より嬉《うれ》しい様子であった。

「おめでとう」

老人は、コーヒーカップを手にして、やって来た。「頑張ったな。二、三日かかるかと思っていたよ」

「冗談じゃねえよ。こんな苦しい思い、初めてだったんだぜ。一刻も早く逃げ出したかったよ」

男の顔には玉のような汗が浮かんでいた。男は、ふと老人の顔を見た。

「今、何時だ?」

「夜の八時だよ」

と老人は言った。「まるまる七時間、休みなしでそいつに取り組んでたわけだな」

男の方がびっくりした様子で、しばらくポカンとしていたが、その内に、急に疲れたようにソファへぐったりと座り込んだ。

「おい、どうした?」

「急に腹が減ったんだ」

老人は笑って、

「ゆっくり食べるんだな。仕度はできてる」

「ありがたい!」

男は、足の痛みも、もうほとんど気にならない様子だった。急いで台所へ向う。

老人は、代ってソファに腰をおろすと、男が置いて行ったやすりを手に取って、その表面をそっと指先で撫《な》でた。


「おい、大丈夫か?」

老人は浴室のドアの外に立って、大声で呼んだ。中で、派手に湯のはねる音がして、

「いい気分だよ」

と男の声がした。

「ゆっくり気の済むまで入っててくれ」

老人はそう言って、一旦《いったん》歩きかけたが、何か思い付いた様子で、ドアを叩《たた》いた。

「何だ？」

「安全カミソリが棚の上にあるからな。顔をさっぱりして来いよ」

老人は、居間のソファへ戻った。

ふと、目が、棚の上の人形へ向いた。立ち上って歩み寄ると、傾いていた人形を、真直ぐに座らせる。

「――どうしてこんなに親切にするのか、不思議だって顔をしてるな」

と老人は言った。「いいんだよ。あの男だって、それ相応に役に立つ」

老人は人形の首の傷にそっと触れて、

「悪かったな。つい、止められなくなっちまったのさ」

と呟いた。

老人はソファへゆっくりと腰をおろした。浴室の方からは、相変らず派手な水音が聞こえている。あれだけの垢《あか》を落とすのは大変だろう。

「せいぜいきれいになってくれ……」

老人の顔に、微笑みが広がった。

「こいつは驚いた」

と老人が言った。

浮浪者が、今は思いの他若い紳士に変ってしまった。

ひげを当て、髪も洗って、油をつけ、服は全部老人のものを着ている。少し合っていないのはやむを得ないが、どうしても似合わないというほどではない。

「それじゃ、警官に見付かっても分るまい」

と老人は言った。「もっとも、お前の素性が警察に完全に知られているなら別だが、その様子はないからな」

「何から何まで、済まねえな」

男は言った。「あんたのおかげで命拾いをしたよ」

「まだやることはあるだろう」

「分ってる。この左右の手錠を外さねえとな。なに、手が自由に使えるんだ。今度はそう時間もかからねえさ」

男はそう言ってから、老人を見た。「あんたに迷惑なら、出て行くが……」

「まだいかん」

老人は首を振った。「傷がまた悪化しないとも限らんからな。もう少し様子を見る必要がある」

「そうか。俺は構わないんだが……」

「私だって一向に構わんよ」

と老人は言った。

朝。老人はまだまどろんでいた。

もう陽は上っていたのだが、窓ガラスが割れて板を打ちつけてあるせいか、なかなか部屋の中が明るくならないのである。

ドアがそっと開いた。――きしむ音が、老人の耳に届いたらしい。瞳《ひとみ》が、わずかに動いたが、目は開けなかった。

男が、静かに中へ入って来る。

老人は大きく息をつくと、ドアの方へ寝返りを打った。毛布が、少しベッドから垂れ下がる。

男が、老人の様子をうかがいながら、歩み寄って来た。

老人の右手は、垂れ下がった毛布の陰で、マットレスの下を探っていた。男が近付いて来ると、肉切り包丁を握って、手がマットレスの間から滑り出て来る。

男が、ベッドのわきのテーブルに、手錠を投げ出した。その物音に老人が目を開いた。見上げると、男の、得意げな笑顔があった。

「やったな」

と老人は言った。

「一晩かかったぜ」

男は笑顔のまま、両手を上げて見せた。冷たい銀色の腕輪は、もうなくなっている。

「傷はないか」

「ああ、少しすれただけだ」

男はそう言って、ドアの方へ行った。「起こしちまって悪かったな」

「どうせ起きる時間だ」

「俺は一眠りするよ。こいつで徹夜しちまったからな」

男がドアを閉めて去った。老人は半身を起こして、ホッと息を吐き出した。

肉切り包丁を、またマットレスの下へ押し込んで、老人は起き上った。

外された一組の手錠を手に取ってみる。ガチャガチャと、金属音が響いて、老人の顔に微笑が浮かんだ。

浴室へ顔を洗いに行こうとして、老人はふと立ち止まると、鼻をひくひく動かした。台所を覗《のぞ》いてみて、思わず苦笑した。

「なかなか気を使ってるな」

テーブルの上に、食事の用意ができていた。甚だ不格好だが、一応ハムエッグが皿の上にのっている。

「せっかくだからいただくか……」

老人はパジャマ姿のまま、座った。

男は熱心に新聞を読んでいた。

老人が散歩から戻って来ると、ちょっと顔を上げたが、またそのまま新聞に目を落とした。

「今日の新聞かね？」

と老人は訊《き》いた。

「ああ、さっき玄関で音がしたんでね、間を置いて出てみると放り出してあった」

「珍しいな。まともに配達してくれたためしがないんだ。――何か出ているかね」

「俺のことはほんの少しだな」

「今はどんな大事件でもトップを飾るのはせいぜい三日だよ」

「まだ発見されていない。捜査当局に苦渋の色が濃い、とさ」

老人はコートを脱ぐと、玄関の傍の洋服かけに引っかけた。

「コーヒーを淹《い》れといたよ」

「そいつは済まんな。そう気をつかうなよ」

「宿賃がないからな。その代りだ」

老人は男と少し離れてソファに座った。

「足の方はどうだ？」

「あまり痛まなくなったよ」

男はズボンの上から、そっと傷に触れた。

老人が、男の読み終えた新聞を取り上げて広げた。――男はしばらくぼんやりと座っていたが、やがて老人の方へ顔を向けると、

「あんた、前は医者だったそうだな」

と言った。

「ああ」

「もうやめたのか?」

「年齢《とし》だよ。──隠退したのさ」

「それにしても、えらく田舎へ引っ込んだじゃないか。俺はまた、医者ってのは、仕事を辞めたら、豪勢な邸宅にでも住むもんだとばっかり思ってたよ」

老人は、ちょっと笑って、

「そういう奴もいる。しかし、そうでない人間の方が、ずっと多いんだよ」

男は少しためらってから、言った。

「だけど……これは、あんたを疑って言うわけじゃねえんだよ、誤解しないでくれ。俺にゃよく分らねえ。どうして俺を──」

「こうやって置いてるのか、ってことだろう」

と老人が引き取る。

「そうだ。どうして警察へ突き出さなかった?」

「医者にとっちゃ、患者は患者なんだ。どれも同じさ。総理大臣だって、死刑囚だって、同じ患者だ。それ以外の興味はないんだ」

「俺が本当に殺人犯だったら?」

老人は男の方へ目を向けた。メガネの奥で、目が光っていた。

「それでも同じことか？」

男が重ねて訊いた。老人は、ちょっと笑って、それきり新聞へ目を戻した。

「――なあ」

男は少し間を置いてから、言った。「あんたにゃ世話になった。俺はあんたに迷惑はかけたくねえ。傷がよくなったら、ここを引き上げるよ」

「私がいいと言ったらだ」

老人は新聞を見たまま言った。

「だから……何かその……俺でできることはないかい？」

老人は男を見て、ちょっと考えていたが、

「患者に何かやらせるわけにはいかんよ」

と言った。

「そりゃ、大したことはできないがね。何か、やらせてくれ。俺みたいな人間が言うのはおかしいだろうが……」

「そいつはありがたいがね」

老人はそう言ってから、ふと何か思い付いた様子だった。「――そうだ、じゃ一つ頼みたいことがある」

「いいとも、何でも言ってくれ」

男が熱心に言った。

「穴を掘ってくれないか」

「穴？」

「そうだ」

男はちょっと戸惑ったような顔になった。

「どんな穴だい？」

「ただの穴さ」

老人は立ち上ると、「何しろここは不便な所だからね。——一番困るのが、ごみの始末なんだ。大きめのポリバケツが外にあるが、それだって、そうそういくらでも入るわけじゃない。一杯になったら、何とかしなきゃならん」

「そのごみを捨てる穴のことか」

「そうなんだ。まあ、その足が痛むようなら無理をしなくてもいい。その都度小さな穴を掘ればいいんだからな」

「任せてくれ。どこに掘るんだ？」

「この裏手だな。土も割合柔らかい。——おいおい、何も今でなくたっていい」

と老人が言ったのは、男が早々と立ち上ったからである。

「なあに、構やしねえよ。もう大分元気もついたからな」

「ともかく足を治さにゃならん。傷をみてからにしよう。土で傷口を汚しちゃ困る」

男は肯《うなず》いて、

「主治医の意見には従わなくちゃなるめえな」

と言った。

「見せてみろ」

老人は救急箱を持って来ると、男を促した。


地面に、シャベルがザッと音をたてて食い込む。

「無理をしないでくれよ」

と老人は言った。「傷口が開くと厄介だ。適当に休みながらやってくれ」

「ああ、分ってるよ。あんたは中にいてくれ」

男はシャベルでまず、表面の土をすくい取った。「柔らかい土だな。――ずっとこうなのか？」

「たぶんね。私は三十センチぐらいしか掘ったことがないが」

「どれぐらい掘ればいいんだ？」

「そうだな……。まあ、深い方がいいのは確かだがね」

「よし、じゃ、二メートル四方ぐらいで、やっぱり深さも二メートルあればいいかな」

「充分だよ。当分はごみを捨てられる」

「よし。後は一人でやる」

と男は言って、袖口《そでぐち》をまくり上げた。細い腕だが、割合に力があると見えて、シャベルの先が、ぐさっと深く突き立っては、かなりの量の土を掘り出した。

「馴《な》れてるのか、この手の仕事は？」

「そうだな。こんな暮しをしてると、たまにゃこういう仕事もやる。——こつがあるんだよ、これにゃ」

男は得意そうに、言って、仕事を続けた。

「じゃ、頼んだよ」

老人は、家の裏手から、草原を歩いて、少し大回りしながら、玄関の方へ戻って行った。

今日もよく晴れている。そろそろ午後二時になるところだった。

風も一番静かな時間だ。これで夕方になると、決まって風が吹き荒れ、渦を巻くことになるのだ。

老人は、壁に突き当ったように、足を止めた。——玄関に、男が立っていた。

「やあ、新条さんですか」

茶色のコートには見憶《みおぼ》えがあった。その律義そうな声にも。

「待田です」

その男は、玄関からステップを降りて、老人の方へやって来た。

「声で分りましたよ」

老人は、もう平静に戻っていた。「お電話をいただきましたか？」

「いや、かけません。いつもご在宅だと思ったもので。——突然伺って、ご迷惑だったでしょうか？」

老人はちょっと笑って、

「そんなことはありませんが、何の仕度もできないもので……。ともかくお入り下さい」

と老人は玄関へと上って行った。

「思ったよりお若いですね」

と、待田は、お世辞のつもりか、「もっと老け込んだ方かと思っていました。失礼ながら」

と言った。

「いや、もう棺桶《かんおけ》に片足まるまる突っ込んでいる年齢ですよ」

と、老人は玄関のドアを開けて、「どうぞ」

と、待田を通した。

「こちらこそ意外でしたな。警部さんとおっしゃられたので、もっと年輩の方を想像していました」

「そう若くもないんですよ」

待田は物珍しそうに居間の中を見回した。——中肉中背の、どこにでもいる勤め人という印象だった。特にコートを脱ぐと、そう映る。古ぼけた感じの背広、結び目のあたりがもうこすれて色の変っているネクタイ、汚れ放題という様子の靴。

それでも、やや童顔の顔つきは、職業を思わせる、油断のなさが見られて、並のサラリーマンでないことを教えている。

「おかけ下さい。お茶でも淹《い》れましょう」

「ああ、どうぞお構いなく」

待田はソファに座るでもなく、ぶらぶらと居間の中を歩き出した。

「コーヒーにしますか、それとも紅茶の方が？」

「いや……それでは紅茶にしていただきましょう」

「承知しました」

老人は、台所へ入った。手早くカップを出して来て、ポットの湯で紅茶を作る。

どこか、せかされているような、急いだ手つきである。

愛想のない、鉄板の盆に二つのカップをのせると、運んで行こうとして、ふとためらった。

テーブルに盆を戻すと、冷蔵庫の前にかがみ込んで、隙間に手を入れ、登山ナイフを取り出す。

そのままの姿勢で、しばらく老人は動かなかった。——思い切ったように、ナイフを元の場所へ戻すと、立ち上って盆を手に、居間へ入って行った。

「——やあ、どうも」

待田は、あの人形を棚へ戻すところだった。

「可愛い人形ですな」

「プレゼントでしてね」

「おやおや、これはお見それしました」

「まあ、どうぞ……」

待田は、やっとソファに腰をおろした。

「事件のことはお聞きでしょう」

紅茶を一口飲んで、待田が言った。

「まだ、捕まらないそうですね」

「そうなんです。全く面目ない話で……」

「見ていましたよ、私も」

「とおっしゃると？」

「あの犯人が逃げたときです。ちょうどその窓から、騒ぎが眺められましてね」

「ああ、なるほど」

待田は窓の方を振り向いて、「確かに、森が正面ですね」

「そう。ちょうど表に出ていましてね」

「すると、あなたを生かしておくわけにはいかないな」

待田は紅茶のカップを皿へ戻した。

4

待田は笑って、言った。

「あなたは我が県警の大失態を目撃したわけですからね。こいつは生かしてはおけない。何か罪をでっち上げて刑務所へでも放り込まなくてはね」

老人も一緒に笑って、

「正にスリラーもどきですな」

とカップを取り上げた。

「まあ、冗談はさておき、どうか、ご覧になったことはご内聞に願いますよ」

「しゃべる相手もありませんからな」

待田はゆっくりとソファの背にもたれた。

「お一人で、不便はありませんか」

「人間、欲さえ出さなければ、必要なものはそう多くないものです」

「なるほど。達観していらっしゃる」

皮肉とも賞《ほ》め言葉とも知れない言い方だった。「——ところで、さっきの話ですが、実はこうして伺ったのは、この家が、孤立していて、また容疑者にとっても、目についたはずだからです」

「ここへ逃げて来る、とでも？」

「その危険は充分にあります」

と待田は肯《うなず》いた。「逃亡者が、逃げ込むには、ここは絶好の場所ですからね」

「なるほど。警告して下さりにいらしたのですか？」

「実を言いますと、もうやられているのかもしれない、と思いましてね」

老人は、ちょっと呆気《あっけ》に取られたような顔つきで、待田を見た。

「どうしてまた――」

「昨日、雑貨屋へ、やすりを注文なさいましたね」

「ええ」

「警察の方から連絡が行っているのですよ。やすりを買いに来る客があれば知らせるように、と」

老人は、表情を動かさなかった。

「それはまたどうしてです？」

「容疑者は手錠をしたままですからね」

「ああ――なるほど」

と老人は肯いた。「さすがは警部さんだ」

「今日になって、あの雑貨屋が知らせて来たものですからね。いや、何事もないのでホッとしました」

「それで電話せずにいらしたのですな」

「車も、大分手前で停めて、歩いて来ました。いい運動でしたよ」

と、待田は笑った。「――ああ、タバコを喫《す》っても構いませんか？」

「どうぞ。――といっても、灰皿がないな」

「いや、どうぞ構わずに。外へ出てから喫いますよ」

と、待田は立ち上った。「どうも、失礼しました。充分、用心なさって下さい」

「ご心配いただいて恐縮ですな」

「もし、お一人でここにいるのが不安でしたら、一旦《いったん》、町の方へお移りになってはいかがですか」

待田はポケットからタバコを取り出しながら、言った。

「この年齢になると、怖いものはなくなりますよ」

と、老人は言った。

「それならば、無理にとは……。この一本で最後か」

待田は、タバコをくわえると、空の袋を手の中で握りつぶした。「屑《くず》かごは——あ、あそこですね」

と歩いて行って、投げ入れたが、ふっと覗《のぞ》き込むようにして、

「包帯が捨ててありますね」

と言った。老人が一瞬身を固くした。が、待田が顔を上げたときには、もう、さりげない表情に戻っていた。

「おけがでもなさったんですか?」

「ちょっと足をね」

と老人は言った。

「そいつはいけませんな。病院には——」

と言いかけて、「ああ、お医者様でしたね。つい忘れていた」

と笑った。

「もう治りかけているのです。もともと大したけがではありませんから。ともかくわざわざおいでいただいて……」

「何かあればすぐに警官が来てくれますよ。夜中に何か怪しい男を見たとか、そんなことがありましたら、いつでも遠慮なく電話をして下さい」

待田はコートを取ると、自分で玄関のドアのノブに手をかけた。

「あなたへ直接お電話するときは県警へかければいいんですな」

老人の言葉に、ちょっと待田は虚を突かれた格好だった。

「そうですね……。私はめったにおりませんから、たぶん捕まらないでしょう」

と、やや曖昧《あいまい》な微笑を浮かべた。「まあ、別に私でなくても、出た者に用件をおっしゃって下されば、それで結構ですよ。ちゃんと話は通じます」

老人はそっと唇の端で笑った。

「そうしましょう」

――そのとき、ポーチの角を曲って玄関へ近付いて来る足音が聞こえた。

老人は後ろに組んでいた両手をぎゅっと握りしめた。

「どなたかおいでですか?」

と待田が老人へ訊《き》いた。

「いや、誰も」

と老人は答えた。

待田は、ドアに真直ぐ向った、——目立った動きは何一つなかったが、待田の全身が、まるで鋼の棒が通ったように緊張するのが分った。

老人は、静かに一歩、前へ踏み出して、待田の背後へ近付いた。

足音が、ドアの前に来た。待田がドアを開けた。

「何だ、いたんですか」

郵便配達だった。「小包ですよ」

「どこから来たんだね?」

と待田が訊いた。

「いないのかと思ったから、そっちへ回ってみたんですよ」

「なぜ呼鈴を鳴らさないんだ」

「鳴らしましたよ」

と、不服そうな顔で言う。「これでしょう、ほら」

と呼鈴のボタンを押したが、一向に音がしない。「故障じゃないんですか」

「変だな……」

老人は表へ出て、押してみた。

——チャイムが鳴った。

「あれ？」

と郵便配達が首をかしげる。

「ボタンの下の方を押すと、鳴らないことがあるのさ」

と老人が言って、小包を受け取った。「ご苦労さん」

「どうも」

郵便配達が自転車に乗って戻って行くと、

「やれやれ……」

と、待田は呟《つぶや》いた。「現れるタイミングがよかったですね」

「犯人なら、あっさり捕まえられたでしょうな」

「どうですかね」

待田はちょっと笑って、それから、「しまった！——喫ってないタバコを捨てちまった」

と頭へ手をやった。


老人は、待田の姿が曲り角に消えるまで、じっと玄関のドアを細く開けて見ていたが、やがて、そっとドアを閉じ、チェーンをかけた。——全身で大きく息をつく。

小包を手にして、居間へ戻ると、それをちょっと人形の方へ持ち上げて見せた。

「お前の仲間かもしれないぞ」

と声をかける。「今度は用心せんとな」

ソファへ座って、まず慎重に宛名書きを見る。〈新条幸造様〉。――前の包みと同じ字である。

「今度は何だ。一体……」

テーブルに包みを置いて一旦立ち上りかけたが、思い直したように、また座り込んで、包みの紐《ひも》を解き始めた。固い結び目を苦労して解くと、紐を取り、包み紙を、用心深く、そろそろとはがして行った。

縦横二十センチほど、厚さが十センチ足らずの、ボール紙の箱である。どこかの菓子箱か何かのようだ。

老人は、その箱を、しばらくそのまま眺めていた。蓋《ふた》へ手をのばしかけては、引っ込める。

――今度は何が飛び出して来るのか……。

やっと、老人が手をのばしかけたとき、玄関のドアを開けようとして、ノブを回す音がした。

「おい、入れてくれよ」

と声がする。

「そうか。――すまん！」

老人は立って行って、チェーンを外して、鍵《かぎ》を開けた。

「締め出しはひどいよ、おい」

と、男は笑いながら入って来た。息を弾ませ、赤い顔をしている。

「ご苦労さん」

「まだ終っちゃいないがね。やっと一メートルってとこかな」

「私なら十日はかかるね。まあ、少し休んでくれよ」

「ああ。——コーヒーが一杯飲みたいな」

「今淹《い》れて来よう。風呂場《ふろば》で手と足を洗って来てくれ。傷の所はどうだ？　痛まないかね」

「ああ、却《かえ》って動いたら楽になったよ」

「それはよかった。まあ、まだ無理は禁物だからな」

老人は、男が浴室へ入って行くと、台所へ行って湯を沸かし始めた。
二、三分して、男が浴室から出て来た。タオルを手に、濡《ぬ》れた髪を拭《ぬぐ》っている。顔を洗って、その滴りがまだ床へ落ちていた。
大きく息をついて、ソファの方へ歩いて来た男は、テーブルの上の箱に気付いた。

老人はドリップのコーヒーの粉に、熱湯をゆっくりと注いでいた。

「——何だい、これは？」

居間の方から声がした。老人は、ヤカンをテーブルの上におろした。

「おい、開けるな！」

と老人は叫んだ。

「わっ！」

声にならないような叫び声がした。老人は台所から飛び出した。

男が凍りついたように突っ立っていた。右手に、何かを包んであったらしい、しわくちゃになった新聞紙を持っている。

男は目を見開いて、床に落ちた物を見つめていた。

それは、人間の手だった。手首のところで、ぎざぎざに切断されている。――何かを、今正につかみ取ろうとするかのように、指が、半ば空をつかんで、硬くこわばっている。

「な、何だ……これは……」

男は真青になっていた。

だが、老人の方は、一瞬立ちすくんだものの、すぐに冷静さを取り戻して、ごく普通の足取りで進み出ると、かがみ込んでその手を拾い上げた。

「おい……」

「心配しなくてもいい。これは本物じゃないからな」

「本物じゃない？」

「よく出来ているが、作り物だ。本物の手なら、こんな色はしていないよ」

「しかし……驚いた！　寿命が縮まったぜ」

男は新聞紙を投げ捨てて、言った。

「悪かったな。注意しておけばよかった」

老人は、その人工の手を、調べるように、裏返したり、指をつかんでみたりしていた。

「これは……あんたのコレクションか何かかい？」

「プレゼントさ」

老人はそう言って、棚の上の人形を見やった。「あそこの人形やお手玉と同じ人間からの、ね」

「あれか。──何だか妙なもんがあるなと思ってたんだ。針があった。注射針だろう、あれは？」

老人は箱の中、前と同じ詰め物の中へとその手を納めると、

「退屈だろうから、話してやろう。──コーヒーでも飲みながら聞けよ」

と言った。

テーブルに、人形と、お手玉、注射針、そして作り物の手が並んでいる。

「──ふーん。クイズにしちゃ、手がこんでるなあ」

男はコーヒーカップを受け皿へそっと戻しながら、言った。

「何かを意味してる、と言っていいだろうな。私にはそれが何なのか、まだ分らん」

「差出人の名前は？」

「書いてないものもあるし、書いてあったものも消えている。あったとしても、本当の名前かどうか、分ったものじゃないからな」

「それもそうか……」

「ともかく……善意のプレゼントでないことだけは確かだな」

老人は人形を取り上げて眺めた。

「あんた、医者だったんだろう。──そのときに何か恨まれるようなことがあったんじゃない

のかい?」

老人は黙ってしばらく考え込んでいたが、やがてゆっくりと肯《うなず》いた。

「そうかもしれん。医者は自分の責任でないことでも、ずいぶん恨まれることがある。手術を勧めて、それが失敗して死ぬと、医師の判断が間違っていたと言われる。成功するかどうかは五分五分だとその家族に言っておいてもそうだ。手術をしなければ、百パーセント死が確実だと言っても、医者が殺した、と言われるんだ。——全く損な商売だよ」

「その誰かがあんたを恨んで、ってことはないかい?」

「あるかもしれんな。しかし、いちいちそんなことを憶《おぼ》えちゃいられないからな。——そうだろう? 何十年もの医者としての経歴の間に、死んだ患者など数え切れんよ」

男は何やら考え込んでいた。老人は、そんな重苦しい気分をふっ切ろうとするかのように、立ち上った。

「気に病んでいたって始まらん。その内、何か思い出すかもしれないよ」

と、人形とお手玉を取って棚へ戻し、それから、「この手は、ちょっと人が見たらびっくりするだろうな」

と笑いながら取り上げると、箱へしまった。

「注射針を忘れてるぜ」

と男が言った。

「ああ、そうだった」

と針を手に取って、それから、床に落ちていた新聞紙を拾った。手を包んであった新聞紙である。

丸めて捨てようとして……何気なく、その紙面を見ると、

「これは……」

と呟《つぶや》いて、新聞を広げた。

「どうかしたのかい？」

と、男も立ち上って覗《のぞ》き込む。「何か出てるのかい？」

「いや、日付だよ」

と老人は言った。「見ろ、四年前だ」

「ずいぶん古い新聞だな。――何か意味があるのかい？」

「分らん。だが、たまたま手近な新聞紙を取ってくるんだにしては、古すぎると思わないか？」

「確かにね。じゃ、わざと四年前の新聞で包んで来たのかな」

「そうだとすると、この新聞に何かあるはずだな」

と老人は言った。

老人はしわくちゃになった新聞をテーブルに広げてしわを極力のばし、それから、しばらくの間、新聞を隅から隅まで読んだ。

「――だめだ」

老人は、首を振った。「関係のありそうなことは出ていない。それに、私のことが新聞に載

ったという記憶もないしね」

「それじゃ、たまたま古い新聞を取っといたというだけじゃないのか」

「かもしれん。――そうでなければ、この四年前の四月十一日という日付……」

「その日に何かあった、とか？」

「憶えていないな。まだ医者はやっていたが、いつ頃、どんな患者を診ていたか、までは記憶にないよ」

「調べる手はないのかい？」

老人はちょっと苦笑した。

「そりゃ、日誌はあるはずだが。――そこまでやることもないさ」

「そうかな。何だか、薄気味が悪いぜ」

と、男は、ちょっと頼りなげな顔になった。

「心配するなよ。たとえ何かあるとしても、私の方だ。さあ、そろそろ夕飯の仕度にかかろう」

早過ぎたが、老人はともかく席を立ちたかったようだ。


夜。珍しく、老人の寝室は、明りが灯《とも》ったままだった。

目覚し時計が、二時十五分を指している。――老人は、ベッドに座って、ノートらしいものの、ページをめくっていた。手早く、最初のページと最後のページを眺めると、ピシリと閉じて、左側へ置く。厚手の表紙のついた、立派なノートの表紙と背には、〈日記〉と金文字が入れてあった。

既に見終った日記帳が、十冊を越していた。右側には、それとほぼ同じ冊数が積み上げられ、床には、それらの日記帳をしまい込んでおいたらしい、段ボールの空の箱が、蓋《ふた》を開いて置かれていた。

「これでもない、か……」

老人はうんざりしたような声を出した。

また一冊を左側へ置くと、右側から次の一冊を取って、最初のページをめくった。

「これだ」

老人は手早くページをくって行った。「三月……四月、と、四月十一日だ。十一日」

各ページは、細かい、几帳面《きちょうめん》な筆跡で、ほぼびっしりと埋められている。

四月九日、十日、とくって行って、老人は十一日のページを開いた。

白紙だった。――十二日も、十三日も、白紙のままだった。

老人はさらに先をめくった。十九日になって、やっと、ページが埋り始めた。

十九日のページには、ほんの数行、記されているだけだった。

〈今日から、またこの日記をつけようと思う。この十日近く、これを開く気にもなれず、ただ、抜けがらのようになって、それでも病院は開いていたし、診察も続けていた。我ながら不思議だ。しっかりしなくてはならぬ。妻もそれを願うだろう。もし生きていたならば〉

「――そうか！」

思わず老人は口走った。

居間のソファでは、男がいびきをたてて眠っていた。小さな明りだけがついて、居間の中を、ほの暗く浮かび上らせている。

それはむしろ闇よりも暗くすら、感じられた。

老人は、眠り込んでいる男へそっと目をやってから、棚の上の人形の方へと歩いて行った。

「――私には分らんよ」

老人は低い声で、囁《ささや》くように言った。「あの日の新聞だったのは、何かの偶然か？――違うとしたら何だ？　医者が自分の妻を亡くして、他人から恨まれることが、そんなことがあるのか？」

人形は、じっと目を見開いて、遠くを、遠い過去を見つめているように見えた。

「私には分らん……」

老人は呟いて、ゆっくりと寝室へ戻って行った。

5

次の朝、老人が目覚めたのは、もう十時近かった。

ちょっと底冷えする寒さで、窓の外は、雨の音が立ちこめている。

「雨か……。憂鬱《ゆううつ》だな」

老人はそろそろとベッドから這《は》い出した。パジャマの上にガウンをまとって、スリッパを例によってベッドの下から取り出すと、まだどことなく覚つかない足取りで歩いて行く。

居間へ入ると、とたんに玄関のドアが開いて、老人はギクリとした。

「やあ、起きたのかい？」

「ああ。──どうしたんだ。雨の中で何をしてた？」

「穴だよ、穴」

男は濡《ぬ》れた上衣を脱いで、「雨が溜《たま》っちゃ厄介だからな。ふちを少し高く盛って、ビニールをかぶせ、石でとめといた。──よほどの大降りにならなきゃ、大丈夫だろうぜ」

「風邪をひくぞ」

「あんたこそ。早くちゃんと服を着なよ」

と男は言い返した。「朝は何がいい？　作るぜ」

「私がやるよ」

「いいさ。昼も夜も任せっ放しだからな。朝ぐらいは俺がやる」

老人はメガネをかけて、

「すまんな。それじゃ何でもいい。トーストにハムでもつけてくれれば」

「ＯＫ。俺も今からなんだ」

と台所へ入って行く。

「何も食べずにやってたのか？」

「食ってる間に水がどんどん穴へ溜るからね！」

と台所から返事が返って来る。

老人が大欠伸《おおあくび》をして、着替えに寝室へ戻ろうとすると、電話が鳴った。

「──もしもし、お父さん？」

「久仁子か」

「そううんざりしたような声を出さないでよ。もう電話しないと言ったのを忘れたわけじゃないわ」

「今起きたばかりなのさ」

「へえ、規則正しい生活はどうしたの？　健康のためにいいんでしょ？」

どうにも抑え切れない様子で、皮肉が飛び出して来る。老人は取り合わず、

「何か用かい？」

と訊《き》いた。

「警察の方がみえてね」

「警察？」

老人の言葉を聞きつけたのか、男が不安げに台所から顔を覗かせる。

老人は、安心させるように手を振ってやった。男の姿が見えなくなった。

「警察が何の用だ？」

「叔父さんが帰って来てるって」

老人は、ちょっとの間、戸惑ったような表情で黙っていた。

「――もしもし、聞こえた？」

「ああ。――だが、あいつはパリで死んだんじゃなかったのか？」

「それが、その証言をした人が、詐欺で捕まったのよ。そして一緒に自白したんですって。偽証したのよ。叔父さんは日本に戻って来たっていうの」

「いつだ、それは？」

「もう大分前らしいわ。まだあるの。警察の人がそれを聞いて、女の家へ行ったんですって」

「女？」

「そう。叔父さんの愛人だった、ホステスがいたでしょう」

「ああ、そういえば……。うん、憶《おぼ》えているよ」

「家は空家になってて、近所の人に訊いても、一年ぐらい前に、急にいなくなったというだけなの。それで、中を調べたんですって」

「それで？」

「庭に、何か土の柔らかい所があって、掘り返してみると……白骨が出て来たのよ」

「そいつは……女のか」

「ええ。歯医者さんが確認したわ」

「すると、その女は――」

「叔父さんが殺したのに間違いないと警察ではみているわ」

「何て奴だ……」

老人は呟《つぶや》くように言った。

「ということは、少なくとも一年前に、叔父さんは帰国しているわけなのよ」

「どこにいるか、分ったのか？」

「それは全然よ。――今、警察も方々当ってるの。それでここへも来たのよ」

「そうか」

「お父さんのことを話すと、一応知らせておいた方がいいと言われて……」

「ここまでは来ないさ」

「ええ。そうは思うけど。一応用心してね。一人なんだから」

「分った。しかし、何といっても、そこがあいつの家だ。いつ現れんとも限らないぞ」

「急いで防犯ベルや鍵《かぎ》を新しくしてるのよ。でも、一年間たつのに、何もなかったんだから」

「しかし、分らんぞ。用心に越したことはない。特に……美子を外へ出すときには気を付けなさい。もちろんお前は一緒にいるだろうが、乳母車に乗せているときも、目を離しちゃいけない。分かったな」

少し、沈黙があった。「――久仁子？　どうした？」

「ううん。ただ……お父さんが美子のことを心配してくれたから……」

「ともかく気を付けるんだ」

「ええ。ありがとう。お父さんは、元気?」

「もちろんだ」

「それならいいけど……」

「こっちは雨だ。そっちはどうだ?」

「よく晴れてるわ。美子がお庭で遊んでるのが見えるの」

老人はちょっと咳払《せきばら》いした。

「よく知らせてくれた。また何か分ったら——」

「ええ、電話するわ。それじゃ……」

老人は受話器を置いて、そのまま、ソファに座り込んだ。

「——どうしたんだい?」

台所から、男が出て来る。「何だか浮かない顔じゃないか」

「ちょっと、家庭内のもめごとさ」

老人は立ち上った。

「今、トーストを焼いてる。あまりこがさない方がいいんだったかかな?」

二人は台所へ入って行った。

「雨の日は退屈だな」

男がソファから立ち上って、伸びをした。

「これに慣れなくちゃ、ここには住めんよ」

と老人は微笑んで言うと、読んでいた本へ視線を戻した。

男はちょっとためらっていたが、やがて、思い切ったように言った。

「なあ、俺、ここを出て行くよ」

老人が顔を上げた。

「そうか」

とポツンと言って、「――まあ、自由にするさ」

と付け加えた。

「俺も、ここにいると安心できるし、楽だ。でも、いつ、警察がここへやって来るかもしれねえだろう。俺は捕まってもいいが、あんたにまで巻き添えを食わせるわけにはいかねえ」

「今日はやめとけよ」

「ああ。――雨が上ったら、行くよ」

と男は言った。「穴も何とか掘り終えたし……。もし他に何かやることがあれば言ってくれ」

「別にない。本来なら穴を掘ってもらった手間賃も払わなきゃならんところだが」

「よしてくれよ」

男はあわてて言った。「俺は何から何まであんたにもらった。それを払ってねえんだから」

「そんなことはいいさ。しかし――」

老人は本を閉じた。「ここを出て、どこか行く所はあるのか?」

「うん?——もともと放浪してたんだ。また戻るだけさ」

「そして、またやってもいない人殺しの罪で逃げ回るのか? もうあんなことはこりたんじゃないのか?」

男は顔を伏せた。

「まあ……な」

「じゃ、どこかで働くんだな。うまく都会まで出られれば、何か仕事はあるさ」

老人は軽い口調で言った。「その汽車賃ぐらいは出してやる」

「そいつはいけねえよ」

「中途半端に世話をするぐらいなら、しない方がましさ。心配するな。こう見えても、そのくらいの金はある」

男はただ頭をかいているだけだった。

電話が鳴った。

「新条か?」

いきなり声が飛び出して来た。

「そうだが」

「板谷だよ」

「声が近いな。どこでかけてる?」

「お前の所から車で十分ほどの雑貨屋さ」

「何だって？」

「もう、来るなと言ってもむだだぜ」

板谷の声は楽しげだった。

「そうらしいな」

「道も聞いた。もう少ししたらそっちへ行くよ」

「分った」

「じゃ、楽しみにしてるぜ」

電話が切れた。

老人は、半ば放心したように、そろそろと受話器を戻した。

「どうしたんだ？」

男が心配そうに訊《き》いた。「何かまずいことかい？」

老人は立ち上ると、窓辺へと歩いて行った。

雨のヴェールの奥は、黒い森が口を開けていた。深い洞窟《どうくつ》のように、見る者を吸い込もうとしていた。

「誰か来るのかい？」

と男が訊いた。

「ああ」

「じゃ、俺は出て行くよ。別に雨だって構わねえ」

「いいんだ」

と老人は言った。

「でも——」

「いいんだ」

もう一度言って、老人は振り向いた。「一つ、頼みたいことができた」

「いいよ。言ってくれ」

と男は嬉《うれ》しそうに言った。

「何でもやってくれるか？」

「ああ。あんたのためならな」

老人は居間の中央へ戻った。

棚の上の人形が、冷ややかに老人を見つめている。人形の隣に、あの手を入れた、箱が並べられていた。

「穴の方はどうなってる？」

と老人が訊いた。

「裏の穴かい？　またビニールをかけておいたよ」

「そうか。——それならいい」

「何をやるんだい？」

「車の運転はできるか？」

「ああ。今はもちろん免許など持ってないが、実際に運転するのはかなりやったよ」

「そいつは助かる」

「どうするんだい？」

「ある車に乗って行ってもらいたいんだ」

と、老人が言った。

# 第三章　穴

## 1

「――じゃ、楽しみにしてるぜ」

そう言って、その男は電話を切った。

そこは雑貨屋の奥だった。外は、冷たい灰色の雨で塗りつぶされている。

狭苦しい棚の間を、店の主人らしい、はげ頭の男が、品物をチェックして、動き回っている。

動き回っていると言っても、それは例えば、都会のスーパーマーケットの店員が立ち働いているのと比べて言うと、スローモーションで見ているような、緩慢な動きだった。

五十五、六か――六十に近いだろう、その年齢のせいもあるにせよ、この田舎の山間の町では、生活そのもののテンポが、ゆっくりとしているのに違いない。

「釘《くぎ》……五センチ……。ねじ回し……大と小か……」

呟《つぶや》きながら、棚を調べて行く。

「電話をありがとう」

その声に、店の主人は手を休めて、振り向いた。

「ああ……」

物を言うのも面倒くさいといった口調で主人は唸《うな》った。

その男は、一分の隙もない紳士、という格好をしていた。上等で、暖かそうな黒のコートはベルトなしで、垂直に男の長身を包んでいる。ボタンも内側に隠れているので、すっきりとしたデザインだった。

男は五十歳前後か、髪の具合によっては、もっと老けて見えるかもしれない。というのも、黒のソフトをかなり目深にかぶっているからだ。切れ長の目は、表情というものを見せなかった。メガネをかけていたが、度はほんのわずからしく、ほとんど素通しに近い。細い銀縁のフレームなので、ちょっと見ただけでは、メガネが消えて見えるようだ。

少し頰骨の張った顔は、決して二枚目とも言えないが、鼻の下にたくわえた口ひげが、日本人離れした、洒落《しゃれ》た印象を造り出している。

「いくら置いて行けばいいかね」

と、その黒いコートの男は言った。

「いらんよ。あの山小屋へかけたんだろう」

「ああ、そうだ」

「それなら別に市外通話ってわけでなし、気にせんでいい」

「すまんね」

コートの男は、唇の端で微笑した。

「道は一本だからな」

「分ってる」

「向きさえ間違えなきゃ着くはずだ」

コートの男はちょっと笑った。

「車がちゃんとあっちを向いてるからな。間違えんで済みそうだよ」

「あの小屋の年寄りのお知り合いかね、あんたは？」

と主人は、店の奥へと戻りながら訊いた。

「医者仲間だ」

「そうか。――じゃ、あのお年寄り、本当にお医者だったのかね」

「違うと思ってたのかい？」

「そんな話はチラッと聞いたがよ、東京の医者と言やあ金持だ。こんな山奥へ引っ込んだりゃしねえだろうと思ってたよ」

「医者が全部金持ってってわけでもないさ」

「寒かろう。お茶を一杯飲んで行かんかね」

主人の言葉には、もう少し「山小屋のお年寄り」のことを聞きたいという気持が現れていた。

コートの男は、表の方を、ためらうように眺めた。雨は叩《たた》きつけるように音を立てている。

「――じゃ、一杯いただこうか」

「ああ、何もねえが、そこへ腰をかけてくれ。湯は沸かしたばかりだ」

主人は、上り込むと、古ぼけた座布団を出した。コートの男が、上り口の端にそれを敷いて腰をかける。

主人は急須《きゅうす》の蓋《ふた》を取って、

「すっかり葉が開いちまった。取り替えるから待ってくれ」

と奥へ入って行く。

「——一人でやってるのかね、この店は？」

コートの男が、少し大きな声で訊いた。

「いいや、若いのが一人いてな」

声だけが返って来る。「配達もそいつ任せだ。今日は風邪で休んでる」

「奥さんは？」

水の音に、質問はかき消されたらしい。水音が止まると、

「何だって？」

と問い返して来た。

「いや、あんたは女房持ちじゃないのかと訊いたんだ」

主人は、急須を手に戻って来た。古い葉を捨てて、洗ったのだろう、急須から、しずくが落ちて、畳にパタッ、パタッと、音を立てた。

「わしか。わしは独り者さ。結婚なんぞ、面倒でいけねえ」

「ほう」

「——実を言うと女房は死んだ。もう二十年も昔の話だ」

「なるほど。子供はなかったのか？」

「子供が死産でね。女房の方も助からなかった」

主人は茶の葉を急須へ入れると、ポットの湯を注いだ。

「そいつは気の毒だったな」

「それ以来、医者という奴はどうも虫が好かん。ああ、あんたもお医者だったね」

「構わんよ」

とコートの男は笑って、「私も、どちらかというと治療より金勘定の方が性に合っているんだ。——ああ、ありがとう」

と、湯呑《ゆの》み茶碗《ちやわん》を受け取る。

「手袋を取ったらどうだね」

コートの男は、手にぴったりと貼りつくような、黒い布の手袋をはめていたのだ。

「いや、いいんだ」

「手が冷たいのかね」

「医者というやつは結構厄介な商売でね」

と、手袋をはめた両手で湯呑み茶碗を持つと、言った。「手術だの何だのと、微妙な技術が必要だろう、いつも手を保護していなくてはならんのさ」

「そんなもんかね……」

店の主人は自分もお茶を一口飲んで、「あの山小屋のお年寄りは変り者だな」

と言った。

「隠退した医者さ。腕のいい外科医で有名だったんだ」

「ふーん。そいつは知らなかった」

主人は少し「年寄り」を見直した、といった顔で、「どうしてまた、こんな山奥へ引っ込んじまったんだね」

と訊《き》いた。

「あんたと同じさ」

「というと……」

「奥さんを亡くした。四年前だ」

「そうかね」

「医者として、自分の女房を救えなかったのが、かなりショックだったらしい。それに加えて、弟のこともあってね」

「弟。――やっぱり医者かね」

「医学部は出たが、医者にはならなかった」

「すると……」

「代りに裏の道へ入ってね。彼の病院へ出入りできるのをいいことに、薬を持ち出して売り捌《さば》

いていたが……。やがて、人を殺していたこと
「麻薬かね？」
「そうなんだ。その内に、それがばれて姿をくらましたが……。やがて、人を殺していたこと

が分ってね」

「そりゃひでえ話だ」

「医者の弟が人殺しとあっちゃ、患者の方はいい気持はしない。それもあって、やる気を失く
したのさ。ちょうど一人娘が優秀な医者と結婚したので、それを機に病院を譲って、ここへ引
っ込んだってわけさ」

「そういう事情だったのかね」

主人は何度も肯《うなず》いた。「そりゃ、人嫌いになっても無理はねえ」

「そんなに人嫌いなのか？」

今度は、コートの男の方が訊いた。

「ああ。いつも、うちの若い者が、電話で注文を聞いて、品物を届けるんだがね、会ったこと
がねえ、っていうんだ」

「じゃ、どうやって渡す？」

「ドアの前へ置いとくのさ。いつも、決った時間に配達するように言われてる。その頃は、必
ず散歩に出て留守なのさ」

コートの男は、ちょっと表の方へ目をやって、

「雨でも？」

と訊いた。

「知らんな。ともかく、自分じゃ出て来ねえんだ。金は封筒に入れて、ドアの把手《とって》に下げてある。――全く変り者だよ」

「そうか……。大分、変ってると覚悟しなきゃならんようだな」

「あんたは、何の用で行くのかね？」

「ちょっと話があってね。――お茶をありがとう」

「いやいや」

「少し雨も弱まったようだ。出かけるよ。ぐずぐずしていると夜になる」

「帰りにでも、よかったらまた寄ってくれ」

「ありがとう」

コートの男は、微笑んで、表の方へ歩き出したが、ふと足を止めると、「思い出したよ。ナイフはあるか」

と訊いた。

「ナイフ？　どんなのがいいのかね」

「少し大きめの、よく切れるのがいいな。上って来るとき、タイヤに折れた枝がからまって、閉口した」

「登山ナイフみたいなもんでいいかね」

主人は店へ降りて来ると、棚の奥へと入って行った。

「結構だ。——ああ、ちょっと見せてくれ」

コートの男は、革のケースに入ったナイフを抜いてみて、「充分だ。こいつをもらおう。いくらだね」

「三千円だよ」

コートの男が、ナイフをケースに戻し、ポケットから札入れを取り出すと、千円札を四枚抜いて、渡した。

「一枚多いが——」

「電話代とお茶代だ。取っといてくれ」

コートの男の口調は穏やかで、恩着せがましい成金風のところはなかった。遠慮なくもらえる相手だと、主人は納得した様子だった。

「こいつは済まねえな。——他に入用の物はないのかい」

「別になさそうだ。それじゃ」

ナイフをコートのポケットへしまい込むと、男は表へ出るガラス戸を開けようと手をかけた。

「気を付けて行きなよ」

と、店の主人が、後ろから声をかけた。

コートの男が振り向いた。

雨は、却《かえ》ってひどくなったようだった。

白い幕をかき分けるように、黒塗りの外車が道を辿《たど》って来る。

林の中の道は、どっちへ曲るか見当がつかないせいだろう、車はのろのろと、這《は》うような速度だった。

ハンドルを操りながら、黒いコートを着た男は、ため息をついた。

「いい加減に小降りになってくれんかな……」

ワイパーが休みなく左右へ走っているが、叩《たた》きつける雨が視界を遮るのに追いつけない有様だった。――突然、目の前に木が迫って来て、あわててハンドルを切る。

辛うじて衝突せずに済んだ。

「やれやれ」

と呟《つぶや》いて、またアクセルを踏む。

雨の勢いが少し弱まったのか、視界が、ヴェールをはがすように広がった。車は加速して、元気を取り戻した猟犬のように地を蹴《け》った。

――不意に、角を曲ると、そこに目指すコテージがあった。

コートの男はハンドルを回して、その玄関先へ、車を横づけにした。エンジンを切るとクラクションを三度続けて鳴らした。

しばらく待っても、玄関のドアからは、誰も現れなかった。もう一度、クラクションを長く鳴らした。

雨を切り裂くように、音は静寂を貫いて行ったが、やはり、何の応答もなかった。

「招かれざる客ってわけか」

やけ気味に呟くと、諦《あきら》めたように肩をすくめて、ドアを開いた。雨が降り込んで来るので顔をしかめたが、思い切って飛び出す。叩きつけるようにドアを閉めて、ポーチの屋根の下へと飛び込んだ。

車の中で、差し込んだままの、キーをつけたキーホルダーが揺れた。心臓の形をしたキーホルダーだ。ハートでなく、本物の心臓である。一風変ったキーホルダーだ。

コートを着た男は、玄関の呼鈴のボタンを押した。ドアの向うで、チャイムが鳴るのが聞こえて来る。

「おい、新条！」

と男が呼んだ。「板谷だよ！」

中から、返事はなかった。――板谷は、苛々《いらいら》した様子で、二度、三度とチャイムを鳴らし続けた。

「新条！――いるんだろう、開けてくれ！　新条！」

つい、無意識の内に手が動いた、といった格好で、ドアの把手を回していた。ドアが開いた。

板谷は、ちょっと面食らったように立っていたが、すぐにドアを大きく開けて中へ入った。

「新条……。いないのか？」

簡素な居間を、板谷の目がゆっくりと見渡す。明りは点《つ》いていたが、人の姿は見えない。ともかく、板谷は中へ入って行った。

黒いソフトを取ると、半白になってはいるが、量の豊かな髪が現れる。居間の中央へ進んで来ると、ソフトをテーブルに置いて、コートを脱いだ。それをソファの背に引っかけると、手袋を外してテーブルに置いた。

「――どこへ行っちまったんだ」

とぼやきながら、見回す。「隠れん坊をやるような年齢《とし》じゃあるまい……」

肩をすくめて、板谷はソファに腰をおろした。苛々と、天井を見上げたり腕を組んだりしていたが、その内、ふと何に目を引かれたのか、立ち上った。

――棚の上で、人形が、相変らず目を見開いている。

板谷は、その棚へ歩み寄って来ると、人形をまじまじと眺めた。

「こんな趣味があったとはな……」

と呟いて微笑んでから、ふっと眉《まゆ》を寄せた。お手玉と、注射針、紙の箱。――注射針が、板谷の注意を引いたようだ。手に取って、不思議そうに見ていたが、やがて元の場所へと戻した。

その時、何か、水音が板谷の耳を捉《とら》えた。

――シャワーか何かの音のようだ。雨音とは違う。明らかに家の中から聞こえて来る音だった。

板谷は、ゆっくりと、そのドアへと歩いて行った。ドアの中から、やはりシャワーらしい音が聞こえている。

「おい、新条。いるのか?」

と板谷は声をかけて、ドアをノックした。「――新条。いるのか?」

板谷はドアを開けた。浴槽は空で、シャワーが誰もいない空間へ降り注いでいる。

板谷は、浴室の中へ入ると、手を伸して、シャワーの蛇口をひねった。水の勢いが弱まって、止まった。

「何だ、一体……」

と板谷は呟いた。シャワーのノズルから、残った水が滴り落ちて、音を立てた。

板谷は、戻ろうと振り向いた。

目の前に誰かが立っていた。見定める間もない。頭上に振り上げられたナイフが、板谷の肩へ振り降ろされた。

板谷がカッと目を見開いた。口が開いて、声にならない悲鳴が迸《ほとばし》る。

肩が切り裂かれて血が走った。ナイフが素早く引かれて、再び、板谷を目指して突き進んだ。

今度は横腹へ、深々と刃が呑《の》み込まれる。

板谷が、呻《うめ》くような声を洩《も》らした。

刃を引き抜くと、血が服を染めて流れ出た。

板谷がよろめいて、後ずさった。浴槽のへりにぶつかると、そのまま仰向けに、空の浴槽へと倒れ込んだ。

柄を両手がしっかりと握りしめ、ナイフを高々と振り上げると、仰向けになって、身動きもならない板谷の胸へ、叩きつけるように落下した。

刃は再び、上昇し、舞い降りた。飛び上り、墜落した。

浴槽が血で染まった。板谷はもう息が絶えていた。最後の、筋肉の反応が、広げた指先を痙《けい》攣《れん》させた。

ナイフが、死んだ板谷の腹の上に投げ出された。血にまみれた手が、蛇口をひねった。シャワーの雨が、板谷の上に降り注いだ。

――血に汚れた手が、その雨の下へ差し出されて、汚れは洗い落とされて行った。

両手にシャワーの湯をためると、蛇口の血を洗い落とした。それから、ノズルを取って、シッカリと握りしめた。手が少し、震えている。

老人は全裸だった。身体に浴びた返り血をシャワーで落とした。――温度の調節の目盛を、〈熱い〉と書かれた方へ回した。

湯気の立つ、熱いシャワーを、老人は頭から浴びて、何度も大きく息をついた。

老人が玄関のドアを開けたとき、もう雨は上っていた。

ポーチに寄りかかって、老人が傷を治してやった、あの浮浪者が立っている。

「――済んだのかい?」

男は訊《き》いた。

「ああ」

老人は肯《うなず》いた。「約束してくれたな」

「分ってる。何も訊かねえよ」

と、男は肯いた。「あんたは俺を助けてくれたんだ。俺もあんたを助ける。――あんたが何をやろうとな」

「これには……わけがあるんだ」

「いいさ」

男は軽く笑った。「人間、誰しもわけがあるのさ」

「すまん」

老人は、まだ濡《ぬ》れた髪を手でかき回して、

「車の方はどうだ？」

と訊いた。

「ああ。車なんてどれも同じさ。キーは差し込んだままになってたぜ」

「そうか。見つからなくてあわてたよ」

と老人は、ホッとしたように微笑んだ。

「雨が上った。――巧《うま》い具合だ」

「もう陽が落ちるな。暗くなって出た方がいいだろう」

「すぐ暗くなる。大丈夫さ」

実際、そうしている間にも、夜が広がり始めていた。

しばらく、老人は、ポーチの手すりによりかかって立っていた。酔いからさめ切らない様子にも似ている。

「じゃ、行くぜ」

男が、何かを断ち切るような口調で言った。

「待ってくれ……」

老人は、ポケットから、折り畳んだ、何枚かの一万円札を取り出すと、「これを持って行け」と、男の手に握らせた。

「悪いな、何から何まで」

「いいさ」

老人が男の肩を叩《たた》いた。「足の傷は、もう大丈夫だと思うが、機会を見て、どこかの医者に診てもらうといい」

「ああ。そうするよ。──あんたも元気でやれよ」

「ありがとう」

男は、車に乗り込んだ。

「えらく立派な車だな。──目立ちそうだ」

「早いところ、どこかで処分した方がいいな。却《かえ》って怪しまれる」

「そうしよう。それじゃ、あばよ、爺《じい》さん」

「気を付けてな」

エンジンがかかって、ライトが光を投げる。車は大きくカーブして、走って行った。

車が見えなくなると、老人は、軽く身震いして、中へ入った。

人形が、老人の凝視に応《こた》えるように、じっと目を見開いている。

「見られなくて、残念だったな」

と老人は言った。「お前も女なら、野次馬根性は旺盛《おうせい》だろうからな」

老人は台所へ行くと、コーヒーを温めて、カップに注ぎ、戻って来た。

ゆっくりソファに寛《くつろ》ぐと、コーヒーを静かに飲み始めた。ソファの背にかけてあった板谷のコートを手に取ると、

「高級品だな……」

と呟《つぶや》いて、それから、テーブルの、ソフトと手袋の上へ放り投げる。

コーヒーを飲んで、老人は遠い人形の方へ笑いかけた。

「のんびりしてないで、早くやれと言うんだろう？　分ってるとも……。だがな、大仕事だったんだ。少しは休まないと、立ち上る元気も出んよ」

老人はコーヒーを飲み干した。

ビニールに包んだ死体を、紐《ひも》でぐるぐると巻いて縛り、余った紐を両手に絡ませて、老人は引きずりながらポーチへと出て来た。

風もない、静かな夜だ。ポーチを、〈荷物〉を引きずって歩く。その音が、びっくりするほ

ど大きく聞こえた。

ポーチを裏手の方まで回ると、老人は、手すりの下の隙間から、〈包み〉を押し出して、地面に落とした。

ドサッと音が響く。——老人は急いでポーチを回って玄関の方へ戻ると、一旦《いったん》家の中へ入って、やがてシャベルを手に出て来た。

今度はポーチから下へ降りて、外を回って裏へ出た。

あの男の掘った穴が、ポカリと口を開けている。老人は、穴のふちまで行って、そっと中を覗《のぞ》き込んだ。

「——よく掘ったもんだ」

老人は呟いた。

死体の包みを引きずって来ると、シャベルを使って、穴の中へと落とす。水のはねる音がした。雨が、水たまりを作っているのだろう。

老人は手近な土をシャベルで掘り起すと穴の中へ投げ込んだ。土は暗い穴に呑み込まれて、音だけが返って来た。

曲りくねった山道は、片側が急な斜面となって落ち込んでいる。

車のライトが、大きなカーブを、真直ぐに進んで来た。そしてそのまま、ぐっと角度を下げて、道を外れたと思うと、車が横転しながら、斜面を落ちて行った。

やがてかすかに火の手が上ったと見ると、車は黄色い炎を吹き上げて爆発した。

しばらくの間、その辺りを照らし出すに充分な光を放ちながら、車は燃え続けていた……。

## 2

午後の陽射しを一杯に浴びた草原を、一人の男がやって来る。

ゆるやかな上りになっているので、息を弾ませているのが遠くからでも見てとれた。

老人は、いつもの通り、草の上に腰をおろしていた。上って来る男が、誰なのか、見分けはついている。あの待田という警部だ。

しかし、老人は、相手がやって来るに任せて、迎えるために立ち上ろうともしなかった。途中で、待田は暑くなったのかコートを脱いで左腕にかけて持った。じっとしていれば、たとえ日なたでも、暑いという陽気ではないのだが。

充分に顔の分る所まで来ると、待田は、ちょっと右手を上げて見せた。老人はわずかに肯いて見せたが、それはとても相手には判別できなかったろう。

「やあ、どうも」

と、待田は老人の所まで来ると、肩で息をついた。「ちょっとした運動になりますねえ」

「車が見えなかったが……。また、手前で停めて来たんですか？」

「いや、そうじゃないんです」

待田は、そう言ってから、「隣に座ってもいいですか？」

と訊いた。

「ええ、どうぞ。別にここは私の庭じゃありませんからな」

「いや、せっかく一人で寛いでいらっしゃるのに、お邪魔しては申し訳ないと思いましてね」

待田は老人の隣に腰をおろした。「——いや、気持のいい天気ですな。こんな日はのんびり釣りでもして……。釣りはお好きですか?」

「やりません」

老人は首を振った。「生き物を殺すのはどうも好かんのです」

「ああ、なるほど、医師としての倫理観ですか」

「私だけのことですよ」

と老人は言った。「医者でも、平気で狩猟を楽しむ者もいます。私にはとても理解できませんな」

「それで釣りもおやりにならないんですか」

「魚も生き物には違いありません。——ところで、さっきの話ですが、車はどうなさったんです?」

「ああ、そうだ。話途中でしたね。いや、途中でエンコしちゃったんです。何しろボロ車だ。それでやむなく歩いて来たので、こう息を切らしているというわけで」

「それで何か特にご用でも?」

と老人は訊《き》いたが、待田が一向に答えないので、「例の逃亡犯は見付かりましたか」

と、別の質問をした。

「少女殺しですか？　いや、まだです」

待田は首を振った。「不思議ですよ。一体どこへ消えたのかと思いますね。八方手を尽くして捜したんですが……」

「山は広いですからな」

「全くです。しかし、山の中に食料はない。隠れているにも限度があります。もうとっくに腹を空かして、現れていてもいいはずですが、そういう話が全然伝わって来ない」

「非常線が張られる前に、上手く遠くへ逃げてしまったのではありませんか？」

「そんな元気があったかどうか。――しかし、現実にいないのですから、そうかもしれませんな。しかし――」

待田は一応同意しておいて続けた。「男はけがをしていました。血痕《けっこん》などから見て、そう軽い傷ではないとの医者の所見です」

「すると、医者の所へ現れる、と？」

「その辺一帯と、近隣の市町村の医者には全部通知してあります」

「開業していなくて幸いでしたな」

老人は、遠くへ目を向けながら言った。

「ところで――」

と、待田は切り出した。「今日伺ったのはまた別の件なのですが……」

「今度は何です？」

「四日前になりますが、お客はありませんでしたか」

「四日前ですか……。さて、どうだったかな」

と老人は考え込んでいたが、「別に客らしい客はなかったと思います」

と答えた。

「そいつは変だ」

「とおっしゃると？」

「四日前、ここへ来る道を、雑貨屋で訊いた男がいるのですが……」

老人はちょっと考え込む様子を見せて、それから、

「ああ、分りました」

と大きく肯《うなず》いた。「いや、客とおっしゃったので、考えてしまったんです。古い友人が訪ねて来ましたよ」

「どういう方です？」

「医者仲間でしてね。板谷という奴です。こっちは隠退していますが、あいつは大病院の建設を計画中だった。野心家でしてね」

「板谷さん、とおっしゃるんですね」

「そうです。――奴がどうかしましたか？」

その問いに、待田は真直ぐには答えなかった。

「何時頃でしたか、それは？」

「さてね……。はっきりしませんな。何しろこういう生活では時間の観念がなくなるものでね。それに、雨だったんじゃないかな、あの日は」

「そうです。この辺りは夕方まで降っていました」

「雨の日は朝から夕方みたいなものだ。よけいに時間が分らなくなりますよ」

「それはそうですね」

「なぜ板谷のことを？」

老人はちょっと気遣わしげに、「何があったのです？」

「板谷さんはどんな車で来られました？」

「車……。そういえば外車に乗ってましたな。昔から高級趣味の男でね。ただ、私は残念ながら、車のことはさっぱり分りません。黒っぽい色の外車だと思ったが……」

「そうですか」

と待田は肯いた。「実はそれらしい車が、ここから三キロばかりの崖《がけ》の下で見つかったのです」

老人は一瞬、戸惑った様子で、

「ほう」

と言った。

微風が、草原を渡った。

「崖の下で、とおっしゃったんですか？」

老人は訊いた。

「そうです。燃え上って、ひどい状態でした」

「何てことだ……」

老人は目を閉じて、二、三度息をついた。

「板谷は……中にいたのですか？」

「いえ、見当りませんでした。その少し下が谷川になっていましてね。転落の途中で車から投げ出されて谷川に落ちたのではないかと思われます」

「では助かる見込みは――」

待田は首を振った。

「それは難しいと思います。流れはかなり早くて深いのです。それに四日たっているのですから、万一生きていれば、どこかで発見されているはずで……」

「なるほど。おっしゃる通りですな」

「車の種類が分って、この辺ではめったに見かけない車なので、方々当ってみたのです。すると、いつもあなたのお宅へ出入りしている雑貨屋が、心当りがあると言いましてね」

「そうでした。雑貨屋から電話して、来ましたよ。今から行くぞ、と……。びっくりさせてやろうと思ったんでしょう」

「お気の毒です」

老人は深く息をついた。

「山道の運転は不慣れだったのでしょうな」

「その板谷という方の、お宅の電話番号などは分りますか?」

「ええ。——あ、いや——住所は手紙に書いてあったが、電話は……。娘に訊けば分るでしょう。うちへおいで下さい。電話してみますから」

「そいつは助かります。申し訳ありませんな」

待田の言い方は、老人がそう言い出すのを待っていた、という感じだった。

二人は立ち上ると、草原をゆっくりと下って行った。

「立ち入ったことをうかがうようですが」

と待田が言った。「その方は——板谷さんでしたね——何の用でおいでになったんです?」

「私を現実社会へ連れ戻しにね」

「ほう」

「自分で総合病院を建てるので、私にその外科部長をやれと誘いに来たのです。前から手紙でそう言って来ていたのですよ」

「それで、お引き受けになったんですか?」

「いやいや」

老人は首を振って、「私はもう隠退した身でしてね。今さら現役に戻るつもりは、全くありません」

「しかし、素人にはよく分りませんが、総合病院の外科部長といえば、待遇も大したものでしょう」

「それは確かに」

「もったいない話ですね」

「それなりの苦労もありますよ、──どうぞ」

老人はポーチを上って、足を止めた。

玄関のドアの前に、小包が置かれている。紐《ひも》をかけた、四角い箱だ。

「いつ来たのかな。気が付かなかったが」

老人は箱を取り上げた。

「郵送ではありませんね」

と、覗《のぞ》き込んだ待田が、言った。

なるほど、切手も何も貼っていない。宛名も住所抜きで、ただ〈新条幸造様〉とあるだけだった。

「伝票がないから、どこかの配送品というわけでもないようですね。誰かが直接届けに来たようだ」

「そのようですな」

老人は、玄関の鍵《かぎ》を開けた。

「──ああ、そういうことなんだ」

老人は受話器を持ち直した。「板谷の所の電話は分るだろう？──あ、いや、私が聞いても仕方ない。警察の人がみえている。代るからな……」

老人は、待田へ受話器を差し出した。

「どうも。──もしもし、県警の待田と申します。──はあ、今のところまだ見付かっておりません。──恐れ入ります」

待田が手帳にメモを取る。

老人は、その間に台所へ行って、紅茶を淹《い》れて戻って来た。待田が、受話器を老人の方へ、

「お嬢さんが代ってほしいと……」

と手渡した。

「お父さん？」

「ああ。お前からもよろしく言っておいてくれ」

「そう言われたって……。見付かっていないんでしょう。それなのにお悔みを言うわけにもいかないし……」

「それもそうだ。はっきりするまで、そっとしておいた方がよかろう」

「板谷さん、そっちへ行ったのね」

「ああ、来たよ」

「話を聞いた？」

「まあ、壮大な計画をな。だが、私はそれに参加する気はないとはっきり断った」

「そうなの……。でも、板谷さんが、そんなことになっちゃ、計画もおしまいね」

「そういうことになるだろうな」

老人はそう言ってから、「どうだ、そっちは何もないか」

と訊《き》いた。

「ええ、別に。——あ、美子が泣いてるから、またかけるわ」

「ああ、分った。そうだ、ちょっと待ってくれ」

「何か？」

「そっちへ小包のような物は行っていないか？　私あての——手紙でも」

「いいえ。お父さんあての郵便は全部回送してるわ。ダイレクトメールは別だけれど」

「そうか。それならいい」

老人は電話を切った。それから、待田の方を向いて、

「今、板谷の所へかけますか？」

と訊いた。紅茶のカップを手にしていた待田は、

「これをいただいてからにしますよ。怠慢と言われそうですが、なかなか辛《つら》いのですよ、そういう仕事は」

「分りますな」

老人は、ソファに向い合って座った。自分のカップに砂糖を入れて、ゆっくりとスプーンで

かき回す。

「板谷さんとは親しかったのですか？」

「向うはそのつもりでした」

「なるほど」

「現実主義というか、医は算術と心得ている男でしたよ」

「なるほど。あまりお好きではなかったようですな」

「意味によります。偉そうな口をきいて、裏であくどい儲《もう》けをしている連中よりは、少なくとも、板谷の方が正直でした」

「そうかもしれませんね」

と待田が肯《うなず》いた。老人はちょっと間を置いて言った。

「警部さんにも正直になっていただきたいものですな」

待田が老人を見た。

「何のお話ですか？」

「この前、県警へ電話をしたら、待田という名前の警部はいないと言われましたよ」

待田はちょっととぼけたような表情で、

「そうですか。――いや、それは半分正しく、半分間違っていると言うべきですね」

「というと？」

「つまり、私の本来の所属は警視庁なのです」

「東京からいらしたのですか」

老人は肯いた。「どうも、地元の方ではないと思っていました」

「特別に県警の捜査本部へ加えてもらったわけでしてね。というのも――例の暴行殺人犯が東京で事件を起し、逃げて来た可能性があるものですから」

「すると容疑者がいるのですか」

「はっきり容疑者と呼べるほどの証拠はありません。ですが、長くそれを追い続けて来ましたのでね。一種の直感というのか……。それだけでは逮捕できないのが残念です」

老人は皮肉な調子で、

「市民にとっては幸いと言うべきでしょうな」

待田は笑った。

「いや、全くです。――そうそう、肝心のことを忘れていた。板谷さんの家族の方へ連絡しなければ……。では、これで」

「ここでかけたらいかがです」

「いや、電話料をそちらに負担させては申し訳ありません。署へ戻ってからかけます」

待田と老人はポーチへ出て来た。

「しかし、その殺人犯を追っているあなたが、どうして板谷の事件でいらしたのです？」

老人が、ふと気付いたように、訊いた。

「いや、あなたにお会いしておきたかったので、担当の者に言って、代りにやって来たのですよ。──お邪魔しました」

「車が故障しているのでしょう。どうするんです？」

すでに歩き出していた待田は手で額を打った。

「そうか、忘れていたぞ！　畜生、歩く他はなさそうだ」

「大変でしょう」

「なに、下りですからね。それに散歩にはいい天気です」

少々負け惜しみ気味に言って、待田は、足早に歩いて行った。

姿が見えなくなる前に、道の曲り角の所で、振り向くと軽く手を上げて見せる。

老人は、ホッと息をつくと、家の中へ戻った。チェーンをかけ、鍵をかける。

老人の目は、テーブルに、そのまま置かれている小包──いや、届けられた包みに向いた。

それから、棚の上の人形へと視線は動いて行く。

「あの警部の話を信じたかい？」

と老人は人形へ声をかけた。「私は信じない。お前だってそうだろう？──あいつは何か別のものを狙っているんだ……」

言葉の最後は、囁《ささや》きに近くなっていた。

「また包みだぞ。今度は首でも入ってるのかな」

老人は一つ大きく息をすると、包みの方へと歩み寄って行った。

カッターナイフが紐《ひも》を素早く切る。包み紙が裂かれて、床へ落ちた。

人形が、じっとそれを見つめているようだった。

箱は、相変らず、ごく平凡なボール紙の箱で、ただ違っていたのは、蓋《ふた》の上に、白い封筒が載せてあることだった。

老人は、まず封筒を取った。封を切って、逆さにすると、三つに折った便箋《びんせん》が、パタリと落ちた。

拾い上げて、ソファにゆっくりともたれながら、広げてみる。

男の字か女の字か、判然としないような、しかし、細くて、ていねいな美しいペン字である。字配りも整然として、異様なところは全くなかった。だが——。

〈拝啓　まだご存命のことと存じます〉

文章は、異様な書き出しである。老人はメガネをかけ直して、続きを読んだ。

〈四つめのプレゼントをお受け取り下さい。実のところ、こんな手紙など差し上げるのは失礼だと——当然、先生には、前の三つのプレゼントで、事情はお分りのことと思うのですが、万が一、お分りでない場合を考えて、これをしたためます。

先生ももうお年を召したし、記憶力も鈍っておいでかもしれませんから……。

娘は先生の手で殺されました。四年前のことです。先生は、簡単な手術だ、すぐに済むとそうおっしゃった。

私は安心して、手術の終るのを待っていたのです。ところが、手術室を出て来たとき、娘は、もう冷たくなっていました。

あのときの、世界が音を立てて崩れてしまうような衝撃――娘は私にとって人生の総《すべ》てだったのです。

先生はむずかしい顔をしておっしゃいました。何やら素人の私には分らない、医学用語を。つまりは、娘が珍しい特異体質だったとおっしゃったのですね。

私は何日も泣き暮し、生きて行く気力もありませんでした。――そうそう、妻はとっくに世を去っていて、娘はたった一人の私の子供だったことを申し上げていませんでした。

思い出されたでしょうか。――いや、たぶん、憶《おぼ》えておいでではありますまい。医者にとって、患者の死は日常茶飯事でしかないのでしょうから。

しかし、私とて理性の持主です。友人の励まし、周囲の力添えもあって、何とかまた生きて行く元気を取り戻しました。そして月日が過ぎ、娘を失った悲しみも、ようやくいえて来たのです。

そんな頃、私はある女と知り合い、一緒に暮すようになりました。結婚するつもりでもあったのです。女はあるとき、ふと自分が以前看護婦だったことを話しました。聞いてみると、そこは何と先生の病院だったのですよ。全く、運命のいたずらというものは、面白いものです。

そして彼女は、一人の少女の、ごく簡単な手術を、先生が失敗して死なせてしまったことを話してくれました。そうです。私は彼女に詳しく確かめました。

その少女は、私の娘だったのです。

もう思い出されましたか？

いや、もともと記憶になければ、思い出しようもありますまい。別に私としては、思い出していただく必要もないのです。事実はちゃんと、分っているのですから。

私は女と別れ、先生への復讐《ふくしゅう》を考えて日々を過すようになりました。娘の回りくどいことをせずに、いきなり殺してもいいのですが、私はそうはしませんでした。娘のことを思い出していただく手掛りとして、三つの物を送らせていただいたのです。

あれは決して先生を怯《おび》えさせようといった意図で送ったのではありません。先生が、娘のことを思い出し、後悔し、罪の許しを請う時間を、与えて差し上げたかったのです。

四つ目のプレゼント。「四」は「死」に通じます。これが——運が良ければ最後のプレゼントになります。もしこれで生きのびれば、もっと辛《つら》い死が先生を待っているからです。

奴の毒は猛烈で、かつ速やかに効きます〉

老人は手紙から目を上げた。

箱の蓋が開いていた。開いて落ちれば、音で気付いたのだろうが、少しずれているだけなので、分らなかったのだ。

テーブルに、小さな黒い蛇がくねっていた。老人は凍りついたように、動かなかった。

〈奴の毒は猛烈で、かつ速やかに……〉

長さは、ほんの二十センチ足らずだろう。真黒で、乾いた光沢が、わずかに色を浮き上らせる。

蛇の方も、しばらくは、向きを探っているようで、その位置から動かなかったが——突然、思いがけない早さで、テーブルの上から姿を消した。

老人は飛び上るように立ち上った。足でテーブルを蹴《け》る。テーブルが倒れ、箱が吹っ飛ぶ。

老人は二、三メートル先まで飛ぶように離れた。

目が床を這《は》う。――黒い蛇の姿は、見えなかった。

「どこだ……。畜生……どこにいる……」

老人の顔は青ざめていた。

ふと、手にまだ手紙を握りしめているのに気付くと、

「何て奴だ！」

と吐き捨てるように言って、手紙を床に叩《たた》きつけた。

じっと目をこらして、床を捜したが、動く物は影さえない。――老人はそっと後ずさって、人形のいる棚へもたれかかった。

「お前の主人はどうかしているのか。――私をどうしようというんだ」

老人は、話しながらも、ソファのあたり、倒れたテーブルの近くを、じっと探るように見つめていた。

「どこに行った……」

――そのまま、どれくらいの時間がたっただろう。

老人は思い切ったように、その場から動いた。急いで台所へ行くと、肉切り包丁を手にして戻って来る。それから、玄関へ行くと、ちょっと居間の中を見回し、それから表に出て行った。

「枝だ。――枝がいる」

呟《つぶや》きながら、裏手へ回る。

まだ、午後の陽射しは、しばらく続きそうだった。

3

枝を払って、杖《つえ》にした老人は、ソファの下へ、そっとそれを差し込んだ。

床へかがみ込むようにして、その杖で、ソファの下をゆっくりと探って行く。

次はソファの裏側だ。――老人の額に汗が浮かんでいた。

杖が、床を叩き、壁を叩く。だが、何の反応もなかった。

「――どこへ行ったんだ！」

老人は、体を起こすと、肩で息をついた。

部屋は静かで、いつもと少しの変りもない。この中に、〈死〉が潜んでいようとは、とても思えなかった。

「夜になると面倒だな……」

と、老人は立ち上った。そのとき、玄関のチャイムが鳴った。老人はその場で、杖と包丁を手に立ったまま、

「どなた？」

と声をかけた。

「――度々すいません、待田です」

「ちょっとお待ち下さい」

老人は、ちょっとの間、途方に暮れて立っていたが、やがて諦《あきら》め顔で杖を部屋の隅へ転がし、包丁を台所へ戻しに行った。

玄関のドアを開けると、待田が、相変らず捉《とら》えどころのない笑顔を見せて立っている。

「先ほどはどうも。ちょっと構いませんか？」

「ええ。いや……」

と老人がためらうと、

「何かお邪魔でしたか」

と、部屋を覗《のぞ》き込むようにする。

「ちょっと掃除をしていて……散らかしてますのでね。表でよろしかったら――」

「ああ、構いませんよ。まだ明るいし。少し歩きましょう」

「そうしてもらえるとありがたいですな」

老人は外へ出てドアを閉めた。ドアが閉じる寸前に、黒い筋が、まるで、影が動くように外へ滑り出た。老人も待田も、気付いた様子はない。

二人はポーチから降りた。

「いや、板谷さんのご家族の方へ連絡しましてね、びっくりなさっていました」

「当然でしょうな」

「こちらへ寄るとご存知ではなかったようでしてね。前から連絡はなかったとのお話でしたね」

「そうです。いや、その内来るとは言っていましたが、いつとは聞いていませんでしたのでね」

「なるほど。では、あちらも急に思い立ったのかもしれませんね」

「忙しい男でしたから、何か用事がなくなって、ポカッと時間が空いたのではないですかな」

「まあ、そんな所でしょう」

待田は肯《うなず》きながら言った。——待田の足取りは、ぶらつくには少々早い感じだった。

老人から一歩先んじて歩いている。どこか目当ての場所へ向っているとでもいう歩き方である。

「ご家族の方をご存知ですか」

と待田は言った。「ええと——板谷さんのです。忘れちゃいけないな」

と苦笑いする。

「さてね……」

老人は考え込んだ。「会ったことはあると思いますな。ただ、顔は記憶がないが……」

「そうですか。あちらも、あなたのお名前はご存知のようでしたよ。きっと板谷さんが話をしていたのでしょう」

「そうですか」

老人はあまり気のない様子で肯いた。

二人は、建物のわきを辿《たど》って、裏手の方へとやって来ていた。

「おや」

待田が、大きな穴に目を止めた。「ずいぶん大きな穴ですね」

「ごみ捨て用にね」

と老人は言った。「この辺は不便ですからな」

「ああ、なるほど」

待田は穴の縁まで進んで行って中を覗き込んだ。

「土が柔らかいので、あまり近寄らない方がいいですよ」

「はあ。——それにしてもずいぶん深く掘られましたね」

と待田は感服の様子だった。「お一人で掘られたんですか？」

老人は肩をすくめた。

「手伝ってくれる者もありませんからね」

「それはそうだ。しかし、重労働でしょう」

「少しずつやりましたから。——警察へお願いすれば手伝っていただけますかな」

「さあ、それはどうでしょうかね」

と待田は笑顔になった。「死体でも埋っていれば別ですがね」

「なるほど」

老人も微笑んだ。

二人は、またのんびりと歩き出した。今度は待田の足取りもゆっくりしている。

「ところで、さっきの話ですがね」

と待田が言った。「板谷さんのご家族の方がこっちへみえるそうなんですよ」

「それはそうでしょう」

「まぁ、本人の遺体が見付かっていないから、まだ希望が全くないとも言い切れないわけで……。ぜひ会ってお話を伺いたいと、こういうことなんですがね」

「そうですか」

老人は少し声を低くした。

「いかがでしょうね。お会いになりますか」

「会ってもお話することはありませんよ」

「それはそうでしょうが、あちらとしては――」

「私としては、別に板谷を招いたわけでも何でもないのです。向うが勝手にやって来ただけだ。その上、面倒に巻き込まれるのでは迷惑です」

老人は遠くの森へ目を向けながら言った。

「お気持は分りますが……」

森は、暗く、そこだけがいつも夜の中に取り残されているようだった。

「お分りにはなりますまい。私は、一人になりたいのです。世の中の、あれやこれや厄介な事、人間同士のもめ事には、関りたくない」

風が起って、森が波打った。その波動が伝わって行くさまは、巨大な黒い蛇が一瞬身をくねらせたように見えた。

「しかし、ここも人間の世界ですからね」

「承知しています」

風が唸《うな》った。そう強い風でもないのだが、どこかの谷を鳴らしているのかもしれない。

「では、板谷さんのご家族には、そうお伝えしましょう」

そろそろ黄昏《たそがれ》の気配だった。

「――いつ頃こっちへ来るのです？」

ポーチの前へ戻って、老人は訊《き》いた。

「たぶん、今夜――少々遅くなるかもしれません」

待田が探るように老人を見た。

「電話して下さい。近くまでなら出向きましょう」

「それはありがたい。いや、全く申し訳ありません」

待田がホッとしたような微笑を浮かべた。

「いや、家族の方に、たぶんあなたがお会い下さるだろうと言ってしまったものですからね」

待田は、玄関の所まで一緒に上った。

「では、またお電話します」

「お待ちしていますよ」

待田が戻りかけて、ポーチの手すりの所で振り向いた。「あの小包は、何だか分りましたか?」

「どうしてです?」

「いや、郵便でもないし、届け物でもないというので、妙だと思ったので」

「ただ、ちょっとした――」

老人は唐突に言葉を切った。

黒い蛇が、手すりに巻きつくようにして、待田の手の、すぐそばにいた。全く目につかなかったのに、突然、手品か何かのように現れたのだった。

「どうかしましたか?」

と、待田が老人の様子に気付いて、訊いた。老人の視線を追って、待田の目が手すりに向いた。

「おや、蛇ですね」

と待田は気楽に言った。「山の中ですからね、珍しいこともありませんよ」

「危い、それは――」

「大丈夫ですよ。この辺に毒蛇はいません」

と待田が笑って手を出そうとした。

「それが包みの中味ですよ」

老人は言った。

「ほう」

「本当かどうか分らないが、猛毒を持っているとありました」

待田は二、三歩後ずさった。

「そうですか……。そいつは剣呑《けんのん》だな」

「どこかへ行ってしまったんで、捜していたのです。いつ外へ出て来たのか――」

待田が、上衣の下へ手を入れると、拳銃《けんじゅう》を抜いた。腕を真直ぐにのばすと、蛇の頭へ狙いをつける。

老人が息をつめた。

弾《はじ》けるような音がして、老人が一瞬目をつぶった。――蛇の頭部が吹っ飛んでいた。胴体が手すりから落ちたが、しばらくの間、震えるように蠢《うごめ》いていた。

待田はホッと息をつくと、

「どういうことなんです？」

と訊いた。老人はちょっと考えていたが、「お入り下さい。話が長くなります」

と、玄関のドアを開けた。


テーブルに、四つの品物が並んでいた。

もちろん、あの人形と、お手玉、注射針、それに作り物の手である。――お手玉と注射針は一緒に送られて来たのだから、三つとも言える。

さすがに、四つ目の蛇の残骸《ざんがい》は、ここへ並べる気にならなかったらしい。

「──なるほど」

待田は、手紙を読み終えて、言った。「何かこの件でお心当りは？」

「さあ、それが……」

老人は首を振った。「その手紙の文句ではないが、いささか記憶力も鈍っていますしね、それに実際、死んだ患者をいちいち憶《おぼ》えてはいられませんよ」

「それはそうでしょうね」

「死ねば恨まれる。それは当然の感情でしょうがね」

「しかし、ここまでやられるとお困りでしょうね」

「全く、どうしていいものやら……」

老人は当惑顔で、神経質に指を組み合わせた。

「どうして今まで黙っておられたんです？」

待田の問いに、老人はちょっと肩をすくめた。

「手紙がついて来たのは今度が初めてですからな。これまでは何のことか分らなかったし……」

「ふむ。今度の蛇が本当に毒蛇だったのかどうか、まあ──正直なところ怪しいものだと思いますがね。しかし、確かに殺意は感じられる」

「これまでは、単なるいやがらせかと思ったのです」

「なるほど、そう思われるのが当然でしょうね」

「ここまで他人から恨まれていようとは、正直、ショックですな」

「世の中、色々な人間がいるものですよ」

待田は慰めるように言った。「手紙に、看護婦のことが出て来ますが……」

「色々変りましたからな。中には落度があって辞めさせた者もあります。それぐらいの中傷は言うかもしれない」

「ふむ……。問題は、この手紙を書いた男がそれを信じているということですね」

「どうすればいいでしょう？」

「さて……」

待田は、考え込んだ。

「こういう場合の対処法を、医大では教えるべきだな」

と老人が苦笑する。

「問題は、前の三つの包みが、郵送されて来たのに、今度は直接届けられた、という点ですね」

「つまり……」

「この男は、近くにいるということですよ」

と待田は言った。「あなたの命を狙わないとも限らない。いや、おそらく狙って来るでしょう」

「そのようですね」

「どうします？　一旦《いったん》ここを引き払って、お嬢さんの所へでも戻られるか――」

「それは意味がないでしょう。こっちは向うを知らないのだ。どこへ逃げても追って来るでしょう」

「そうですね。この手の男は、偏執狂的なところがあるのが普通です」

「私は、ここにいますよ」

と老人は言った。

「危険じゃありませんか」

「自分の身は守れます。——それにこの年齢になると、そう怖いものもなくなって来るものですからね」

と言ってから、「もっとも、あの蛇には肝を冷やしたが……」

と笑った。

「それは当然でしょう。しかし、何とも悪質ですな。犯罪ですよ、これは。こちらとしても何か手を打ちましょう」

「何をしていただけますか？　まさか二十四時間、護衛はつけられないでしょう」

老人の顔には、蛇を必死に捜し回っていたときの恐怖はなく、むしろ、ちょっと相手をからかっているような観すらあった。

「どうです、この品物を貸していただければ、鑑識で調べさせますが」

「そうして、どこから出されたかが分っても、出した当人がこの近くへ来ているのですよ。むだなことだと思いますね」

「では……襲って来るのを待っているとおっしゃるんですか？」

「ご心配なく。おとなしく殺されるつもりもないが、無鉄砲に取っ捕まえようなどとは思いませんよ。危険と見れば、すぐに通報します」

「ここまで来るには、いささか時間がかかりますけどね」

待田は考えあぐねている様子だったが、「――そうだ。ではこうしましょう。例の雑貨屋なら、ここへも近い。あそこに一人警官を置かせてもらうように頼みます。いかがです？」

「そんなことができるのですか？」

老人は半信半疑の様子で言った。

「できると思います。早速帰って当ってみますよ」

と、待田は立ち上った。


電話が鳴ったときは、もう十一時を少し回っていた。

「――まだ起きておいででしたか」

待田の声である。

「年寄りはあまり眠らなくてもいいので。――着きましたか？」

「今、署の方に。奥さんと息子さんですが」

「それで、見付かったのですか？」

「いや、まだです」

「そうですか。――では今から？」

「お疲れのところ、申し訳ないのですが」

「それは構いません」

「あまりお手間は取らせないつもりです。車を出しますので、それを使っておいで下さい」

「分りました」

「二十分ほどで着きます」

電話が切れると、老人は疲れたように息をついて、

「一応、ちゃんとした服装で行かんといけないだろうな」

と棚に戻った人形の方へ呟《つぶや》いた。

十五分後には、老人は背広姿で現れた。ネクタイも締めている。

「どうだ、似合うか?」

と、ちょっと照れくさそうに人形に笑いかける。「笑うなよ」

光の具合か、人形は微笑んでいるかのように見えた。

待つほどもなく車の音がして、少し間を置いてチャイムが鳴った。チェーンをかけたままドアを開け、制服の警官と、正面に停っているパトカーを確かめてから、

「今行きますから」

と言って、居間の明りを消しに戻った。

表へ出て鍵《かぎ》をかける。警官は、パトカーのドアを開けて待っていてくれた。

「ご苦労様です」

と、警官が敬礼すると、

「いや、どうも——」

口の中で呟くようにそう言って、パトカーへ乗り込んだ。

車が動き出し、警官が、

「帰りもお送りしますから」

と言いながら、アクセルを踏んだ。

老人はゆっくりと座席にもたれた。

「——古い車なので、あまりクッションはよくありません。我慢して下さい」

と警官が言った。

「いや、上等ですよ」

老人はそう言って息をついた。


パトカーが走り去ると、老人のコテージの周囲は、暗い夜の中で、ひっそりと静まり返った。わずかに、玄関先の明りだけが点《とも》されていて、ドアの辺りを、ぼんやりと暗闇の中に浮き出させている。

車が走り去った道の両側の、林の間に、何かざわつく気配があった。風ではなく、木々や枝が、動いている。

突然、鋭く笛が鳴った。

白い光が一杯に満ちた。林から、人影が次々に現れた。五人、六人、……十人近い人数である。手に手に、強烈な光を放つ照明を持っていた。

「よし、手早くやるんだ」

リーダーらしい男が言った。ガチャガチャと、金属の触れ合う音がして、誰もが、シャベルやスコップを手にしているのが、見て取れる。

「裏だぞ！　こっちだ」

全員が、建物のわきを回って歩いて行く。

地面にポッカリと黒い穴が落ち込んでいるのを、照明が照らし出した。

「よし、ここだ。――照明を固定しろ」

穴の周囲に、三脚のようなスタンドが立てられて、それに照明が固定され、光が、穴の底を照らし出す。――紙屑《かみくず》や、ビニール袋につめた生ごみが、底を覆っている。

四方に照明が固定されると、穴の中は、真昼でもこうはあるまいと思えるほどの明るさになっていた。

「二メートルぐらいかな」

「大した深さじゃない」

「しかし、あまり跡を残さないようにしないといかん。おい、脚立を持って来い！」

「誰が入る？」

「三人入りゃ満員だ。交替で入ろう。なに、すぐ済むさ」

「本当に死体が埋ってるのか？」

「それを調べるんじゃないか。おい、ぐずぐずするなよ」

穴へ降りた三人が、シャベルで、ごみをかき分け始めた。

「そうだ。——おい、お前、表へ行って、爺《じい》さんが戻って来ないか見張ってろ。向うを出るときは連絡があるはずだが、万一ってこともある」

「了解」

言いつけられた男は、穴へ降りずに済むとあって、大喜びで表の方へ走って行った。

4

ほっそりとした、中年の婦人が椅子から立ち上った。

「ああ、奥さん」

待田が、老人の腕へ軽く手をかけたまま、言った。「新条さんです」

「はあ、どうも……。板谷の家内でございます」

とその婦人はていねいに頭を下げた。

「これはどうも。新条です。——ずっと以前にお目にかかったことがありましたな」

と老人が言った。

「はい、確かまだ主人が医大におりました頃に」

「そうでしたかな。いや、隠退するとすっかりぼけてしまいましてね。お許しいただきたい」

「まあ、とんでもない。――あの、息子でございますの」

いかにも優等生という感じの青年が立ち上って、

「板谷英樹《ひでき》です」

と挨拶《あいさつ》した。

「やあ。――やっぱり医者なのかね」

「はい。K医大病院にいます」

「それは優秀だ」

と老人は微笑んだが、「――しかし、ご主人は心配なことですな」

と、すぐに真顔に戻った。

「はい。さっき車を見ましたが、焼けてしまって、どうにも見分けがつきません」

「しかし、中には誰もいなかったのだ。きっと大丈夫ですよ」

と老人は励ました。

「ありがとうございます」

板谷夫人の顔は、不安げに、こわばっていた。

「警部さん」

老人は待田の方を向いて、「何か手掛りらしきものはないのですか」

と訊《き》いた。

「残念ながら今のところは何も……」

「ということは、希望もあるということですな」

「それは確かに」

と、待田が肯《うなず》く。

狭苦しい応接室のドアをノックする音がして、刑事の一人が顔を出した。

「警部。車の報告が」

「そうか。ありがとう」

待田は、「ちょっと失礼します」

と言って、出て行った。

老人と、板谷夫人、それに息子の三人は、しばらく黙り込んでいた。

夫人が、やがて口を開いた。

「主人はそちらへ寄ったとか伺いましたが……」

「ええ、前に手紙をもらっていましてね。その用事で、ここへ来たようです」

「そうですか。主人から何も訊いておりませんでしたので、こちらの警察の方からお電話をいただいたときに、しばらく間違いではないかと思っておりました」

「申し訳ありませんな、私の所などへ来たばかりに――」

「いいえ、そんな意味ではございませんのです」

と、夫人は急いで言った。

「いや、本当なら泊ってもらえばよかったのですが、何しろボロ小屋暮しでして、余分な布団一組ないというわけで、夜になっていたのですが、大丈夫だから帰る、と言いましてね……」

「車の運転は自信を持っていましたから」

と夫人が言うと、

「あれは変です」

と、息子の方が言葉を挟んだ。

「変、というと？」

「さっき現場を見ましたが、父はあの程度のカーブを切りそこねるようなことは決してありません」

「なるほど」

「車の故障か、でなきゃ……」

と言いかけて、ためらった。

「英樹、お父さんは自殺するような人じゃありませんよ」

と夫人が、たしなめるように言った。「そんな理由もないし」

「それはありませんよ」

と老人も言った。「何しろ自分の病院を建てる壮大な夢に熱中していた。こんなときに死を選んだりはしない」

「やっと資金ぐりが何とかなったと言って喜んでおりました」

と夫人が言った。

「父は、あなたにぜひ外科へ来てほしいと口ぐせのように言っていました」

老人はゆっくりと首を振って、

「もう私はとてもそんな激務には堪えられんよ。――一旦《いったん》隠退してしまうと、人間、とたんに老け込んでしまうものだからねえ」

「父とその話をなさったんですか」

「ああ。――手を尽くして口説いてくれる、その気持は実にありがたかったがね、とても私の柄ではないと断った……」

「そうでしたか」

「もし引き受けておけば、こんなことにはならなかったかもしれませんなあ」

「どうぞ、あなたの責任ではないのですから……」

と夫人が言った。

ドアが開いて、待田が戻って来た。

「何か分りましたか？」

と老人が訊いた。

「いや、実は……」

待田は当惑顔だった。

「何かあったんですね」

と夫人が腰を浮かした。

「どうも嫌なことが分りました。つまり、車のことなんですがね」

「車がどうかしましたか」

と老人が訊く。

「ああ、めちゃめちゃになって燃えてしまったわけですから、はっきりしたことは言えないのですが、どうも転落したとき、ずっとドアは閉っていたらしい、ということなのです」

「ということは……」

「つまりご主人は車から落ちたのではないようです。車は、誰も乗せないままで転落したらしい」

夫人はその意味がよく分らないのか、息子の方を見た。英樹が身を乗り出して、

「つまり、あの車に父は乗っていなかったんですね?」

と訊いた。

「どうもそうらしいですね」

「まあ、じゃ主人は生きていますのね!」

夫人の声が弾んだ。

「母さん、そう喜んじゃいけないよ」

「どうして?　だって――」

「乗っていなかったとすれば、父さんはどこかにいるはずだ。連絡もなくて、どこにもいないというのは……。それに車を落としたのは、事故と見せかけるためだったかもしれない」

「おっしゃる通りです」

と待田が肯く。「つまり車を落とした人間は、何かをやって、それを隠す必要があったのです」

「父さんは殺されたのかもしれない……」

と、英樹が言った。

「そんなこと……」

夫人が青ざめて絶句した。

「まぁ、何もそうと決ったわけではない」

と老人は急いで言った。「ともかく希望はあるのですから」

待田が、取りなすように、言った。

「もう時間も遅いことですし、お二人とも旅館へお戻りになった方がいいのではありませんか。何か連絡があれば、もちろん夜中でもお知らせします」

「その方がいい。ここにいても疲れるばかりです」

と、老人が勧めると、夫人は、ゆっくり肯いた。

「パトカーで送らせますから」

と、待田が言った。「新条さん、申し訳ありませんが、車が一台しかないので、戻るまで、お待ちいただけませんか」

「もちろん構いません」

と老人は肯いた。「そこまで私も──」

と、一緒に応接室を出る。

田舎の侘《わび》しい警察署という感じの建物である。廊下を出口の方へ進んで行くと、途中のドアが開いて、

「よし、もういいぞ」

と刑事が出て来た。「今度から、あんまりふらついているなよ」

取調室らしい、その小部屋から、あの男が出て来た。老人は足を止めて、息を呑《の》んだ。

傷を治し、金まで持たせてやった浮浪者である。

「何言ってやがる、勝手に引っ張って来やがって!」

と刑事にかみつきながら、ポケットからタバコを出す。そのとき、老人と目が合った。

老人は素早く目をそらした。

「何だ、こいつは?」

待田が足を止めて、刑事に訊《き》いている。

「不審訊問《じんもん》で引っかかったんですが、どうってこともないようで」

と刑事が苦々しい表情で言った。

「道を歩いちゃいけねえってのかよ」

と突っかかりながら、男はポケットからマッチを出した。何かが下へ落ちた。

男が拾おうとすると、

「待って！」

と声をかけたのは、板谷夫人だった。

「どうしました、奥さん？」

と待田が訊く。

「これは……」

夫人が、落ちていたキーホルダーを拾い上げた。「主人のものですわ」

「冗談じゃないぜ」

男は顔をしかめた。「キーホルダーなんて、同じ物がごまんとあらあ」

「いいえ、これは本物の心臓を形取ってあるんです。医学会の集りのときに配った物ですわ。主人がデザインを決める係だったので、よく憶《おぼ》えていますわ」

夫人の声は震えていた。

「そ、それは拾ったんだ。本当だよ」

男はボロを出しかけていた。

「そのキーホルダーを持っている人は、せいぜい百人くらいのお医者さんだけですわ」

待田が男の前に立った。

「拾ったと言ったな。どこで拾った？」

老人は、少し身をひいて、成り行きを見守っていた。

男は軽く頰を引きつらせて笑った。

「分かったよ。そいつはちょうだいしたのさ」

「ほう。盗んだのか？」

「まあ、そんなとこかな」

「こいつ！」

刑事が、待田と男の間へ割り込むように入って、胸ぐらをつかんだ。それが男の狙いだったらしい。

いきなり刑事の向うずねをけとばすと、思い切り刑事を突き飛ばした。刑事が待田にぶつかる。

男は玄関から飛び出して行った。待田は倒れなかったが、一瞬よろめいて、刑事を押しのけると、急いで男の後を追った。

「待て！」

待田の声がした。

「僕も行く！」

板谷の息子が、駆け出して行った。夫人が、

「気を付けて――」

と声をかけたときは、もう英樹の姿はなかった。

刑事が、やっと、けられた足を抑えながら、

「畜生！　あの野郎！」

と悪態をつきながら、追って行った。

夫人は、夫のキーホルダーを握りしめたまま、その場に立ちすくんでいる。

老人は、夫人の肩へ、そっと手をかけた……。


「逃げられてしまいました」

息を弾ませながら、待田が戻って来て言った。「何しろこう暗くては」

「残念だなあ」

と、板谷英樹は歯ぎしりして悔しがっている。

「ともかく、今、非常呼集して、各道路などを封鎖します。必ず捕えてみせますよ」

と待田が言ったが、夫人の方は、夫のことが気になる様子で、

「あの人が主人をどうにかしたんでしょうか？」

と訊いた。

「それは何とも……。ともかくまず見付けないことには――」

と待田が息をついた。

「警部、手配を終りました」

と刑事がやって来た。

「よし。俺も行く」

「はい」

「君は、この前、森の所で逃がした浮浪者を憶えてるか?」

と待田が言った。

「はあ」

「顔を見たか?」

「ええ、見ました」

「俺もチラッとは見たが……今逃げた男、よく似ていたような気がしないか」

刑事がポカンとして、

「あの薄汚れた浮浪者がですか?」

と訊き返した。「まさか……」

「いや、そういう外観の印象を排して考えてみろ。――どうも、あいつだったような気がする」

老人は、じっと待田を見ていた。

「――ともかく、いずれにしても捕えるんだ。分ったな」

「はい」

待田は、板谷夫人の方へ向くと、

「では、車へどうぞ。情報はすぐにお知らせしますからね」

と言った。

二人の乗ったパトカーが走り出ると、待田は腕時計を見た。

「おや、もう一時半か。――新条さん、申し訳ありませんね」

「いや、どうぞご心配なく」

と老人は言った。

「あなたはどう思われます？」

「何をですか」

「今の男です。あの浮浪者だったとは思いませんか？」

老人は苦笑した。

「私は遠くから見ていただけですよ、あのときは。——まあ、逃げっぷりは似ていないこともないが……。必死で走れば誰でも同じようなものでしょう」

「そうですね。いや、あれが少女暴行殺人犯だったら、話が少しうますぎるな」

と待田は笑って、「手間を省きたいという潜在意識があるのかもしれませんね」

と言った。

「どうでしょう、あの男、捕まりますかね」

「必ず、捕まえます、と言いたいところだが、何しろ前にも逃がしていますからね、大きなことは言わずにおきましょう」

そう言ってから、思い出したように、「ああそうだ。例の雑貨屋に警官を置く件ですがね——」

「そうか。こちらが忘れていましたよ」

「認めさせましたから、明日、早速雑貨屋の主人に話をしてみます。まず大丈夫ですよ」

「忙しいのにすみませんな」

「これが仕事ですよ」

待田はそう言って、「板谷という人、生きていてくれるといいのですが……」

と首を振った。

「たぶん無理だ、と？」

「そんな気がします。さっきの男が殺したのかどうか、それは別ですがね」

そこへ、

「警部、連絡が入っています」

と、警官の一人が顔を出した。老人は、待田が停めてあったパトカーの方へ急ぐのを見送っていた。

——待田はパトカーの中へ入ると、ドアを閉めて、マイクを取った。

「待田だ」

「警部ですか。今、例の小屋の裏です」

「そうか。どうだった？」

と待田は訊《き》いた。


老人を乗せたパトカーは、山道をゆっくりと辿《たど》って行った。

「大変だね、遅くまで」

と老人は、運転している警官へ声をかけた。

「いいえ」

「非常手配というと、徹夜になるのかい？」

「そうなると思います」

「元気だねえ」

老人は、座席にもたれた。

「――もうすぐ着きます」

と、警官は言った。

コテージの前にパトカーが停ったのは、もう午前二時を回った頃だった。

「ご苦労さん」

と老人は外へ出て、言った。「警部によろしく伝えてくれ」

「はい。失礼します」

警官がきびきびした声で言った。パトカーが走り去ると、再び周囲は、夜の闇に包まれ静寂が戻った。

老人が欠伸《あくび》をした。

ポーチへ上って、玄関のドアの鍵《かぎ》を開けていると、ポーチの板を踏む音がした。

ハッと顔を向ける。

「俺だよ」

暗がりから出て来たのは、あの浮浪者だった。

「何をしてる」

老人は強い口調で言った。

「待ってたのさ。あんたの帰るのを」

男は肩をすくめた。「他に行く所もないんでね」

老人はじっと男を見ていたが、やがてドアを開けると、

「早く入れ」

と促した。

「悪いな」

男は、ちょっと照れたような顔で、中へ入った。

「――どうしてこの辺でぐずぐずしていたんだ？」

明りを点《つ》けた居間で、老人はソファに腰をかけながら、言った。

「そうじゃないんだよ。運が悪かったのさ。職務質問に引っかかってな。――なまじ、こんないい服だったんで、却《かえ》って怪しまれたのさ」

「どうして、あんなキーホルダーを取っておいたんだ？」

「ああ、あれか。ちょいと見たら、変ってて面白そうだったからさ。まさか、あんな所で見られるとは思わなかったものな」

老人はため息をついた。

「ともかく……また何日かはここに隠れているんだな」

「すまねえな」

と男はニヤリと笑った。

「その内、非常線も解くさ。――ともかく疲れたよ。そっちも寝たらどうだ」

「ああ、そうしよう。また大分走ったから、俺も疲れた」

「そうか。よくここまで来たな」

「他にあてもないしな。必死だったぜ」

「用心してくれ、あの待田って警部が、ちょくちょく来るかもしれない」

「分った。気を付けるよ」

と男は言った。「そうそう。一つ言っとく事があった」

「何だ?」

「ここへ来る途中、警察の連中がゾロゾロ戻って来るのに出会ったぜ」

「ここから?」

「そうさ。みんなシャベルやスコップかかえてな。――ここから来たとしか思えなかったぜ、方角からみて」

老人は、しばらく黙り込んでいた。

「何かあったのかい?」

と男が訊いた。

「いいや」

老人は首を振った。「何もあるもんか。――もう寝るぞ」

老人は、カーテンを閉め直そうとして、遠い暗い森へと、じっと視線を向けて、立っていた。

# 第四章　闇

## 1

鉛色の空だった。

風が時折唸《うな》った。森が揺れている。黒い森が、ゼリー状に固まった海のように波打っていた。

雲は空に重くひしめき合って、強風にも微動だにしない。浮かんでいることが、信じ難いほどの重さを感じさせる雲である。

風の声は、時にか細いすすり泣きになり、時に威嚇の咆哮《ほうこう》となった。鋭い口笛となって空を切ることもあった。

早朝なのか、真昼なのか、黄昏《たそがれ》なのかすら定かでない。灰色の日……。

雲の下を、爆音と共に巨大な鳥のように、黒いヘリコプターが飛んだ。音だけ聞くと、それがまるで空を覆いつくしてしまいそうである。

ヘリコプターは、森の上を、なめるように飛んだ。

小刻みに揺れ続けるヘリの中で、待田警部がじっと座席に腰を据えていた。

眼下に、森が流れて行く。じっと上から見ていると、黒い滝が眼前を流れ落ちていくようだ。

「第三班です」

待田の頭へかけたイヤホーンから、声が入った。

「待田だ」

「B地域の捜索終了しました。何も発見できません。どうぞ」

「了解」

と待田は言った。

「引き上げてよろしいですか？」

「D地域がはかどらないようだ。そっちへ四、五人回してくれ。残りは引き上げていい」

「了解」

待田は下を見た。——森から、草原の上に出た。およそ三十人近い警官が、草原を横一列に並んで進んで行く。

ヘリコプターはその上を旋回した。老人のコテージが見える。

「停めてくれ」

と待田が言った。ヘリコプターが、空中に見えない糸で吊《つ》り下げられたように停止した。

「双眼鏡を貸せ」

パイロットが双眼鏡を渡すと、待田は両眼に押し当てて、ピントを合わせた。

コテージの窓が、細かく揺らぎながら視界に入っていた。老人が、立って表を見ている。ヘリコプターの方へと顔を上げた。

「――大変な騒ぎになったもんだ」

と老人は呟《つぶや》いた。

「こっちへ来そうかい？」

食堂の入口から、男が顔を出して、訊《き》いた。老人は窓辺から離れると、

「私にそんなことは分らんよ」

と言った。「ともかく、窓へは近付くな。何の拍子で見られるかもしれん」

「分った」

男は欠伸《あくび》をした。「今何時だい？」

「ちょうど昼時じゃないか」

「よく眠ったよ」

老人はちょっと苦笑した。

「大した度胸だ。私ならとても眠っていられまい」

「こういう身になるとね、もうどうなっても構わねえって気になるものさ」

男は肩をそびやかして、顎《あご》をなでた。不精ひげがざらついている。

「ひげを剃《そ》れよ」

老人は居間のソファへ腰をおろした。「また浮浪者じみて来るぞ」

「そうだな」

男は肯《うなず》いて、浴室の方へと歩き出した。老人が窓の方へ目を向けた。

「待て」

老人は立ち上って、窓辺へ寄った。――ヘリコプターが、風を巻き起しながら、着陸しようとしている。真下の草が見えない手で押し付けられるように、放射状になびいた。

「こっちへ来るぞ」

老人は言った。「寝室へ隠れろ」

男が黙って寝室へ入って行った。老人が、素早く居間の中を見回す。台所へ入って、テーブルに置きっ放しの二人分のコーヒーカップを流しへ下ろし、水を張った。一旦《いったん》、居間の方へ戻りかけたが、思い直したように戻って、コーヒーカップを一つだけ、手早くスポンジで洗った。

玄関のチャイムが鳴った。

老人は、洗ったカップを手早く、ふきんで拭《ぬぐ》うと、戸棚へしまった。チャイムがもう一度鳴る。老人はタオルで手を拭って居間へ戻った。もう一度、チャイムが鳴った。

「はい」

老人は声をかけた。「どなた?」

「待田です」

愛想のいい声がした。「突然申し訳ありません」

老人は玄関のドアチェーンを外し、ドアを開けた。待田が微笑みながら立っていた。

「どうも申し訳ありません」

「いや、構いませんよ。大変なことですな、外は」

「慣れぬヘリコプターなぞに乗せられましてね。——ちょっと水を一杯いただけますか」

「どうぞ。紅茶でも飲もうかと思っていたところです」

「いや、それは……ありがたいが、お邪魔ではないんですか？」

「一人で飲んでも旨《うま》くはありませんからね」

待田は手袋を取った。

「ヘリに乗っていると手が冷たくて。——ちょっと部下にそう言って来ます。すぐに戻りますから」

待田は足早に出て行った。老人は台所へ行くと、ティーカップを二つ出した。湯を沸し直している内に、玄関のドアの開く音がした。老人は台所から、

「おかけになっていて下さい」

と声をかけた。

「どうも」

待田の声が答える。「図々《ずうずう》しく上り込んで申し訳ありませんね」

「いやいや、こちらも一人住いはわびしいものですからね」

老人は紅茶を淹《い》れると、二つのティーカップを盆へのせて、居間へ入って行った。

待田は窓辺に立って、表を見ていた。

「どうです。何か手掛りらしいものでも?」

と老人は訊いた。待田はソファの方へやって来ると、

「いや、残念ながら今のところは……」

と言葉を濁した。

「板谷の奥さんと息子さんはどうしました?」

「旅館で待っておられますよ」

「気の毒だな。しかし、おそらく……」

待田は肯いた。

「望みはないと思った方がいいでしょうね」

「板谷という男も、あまり好きではありませんでしたがね」

と老人は熱い紅茶をそっとすすった。「金を稼ぐことしか頭にないような男だった」

「我々はその点気が楽です。いくら働いても給料は同じだ」

待田は真面目くさった顔で言った。

「医者だって似たようなものですよ」

と老人は微笑んで、「世間では医者といえば金持だと思っている。——確かに、その気になれば金は稼げる。しかし、それはどんな仕事でもそうでしょう。ただ、効率良く稼げるか、違法なことをせずに稼げるか、その辺が違いますがね」

「それはそうですな。私も、こんなことを申し上げては失礼かもしれませんが、お医者さんが

隠退して住んでいるというので、ここはもっと豪華な別荘かと思っていましたよ」

老人は黙って笑っただけだった。玄関のチャイムが鳴った。

「部下だと思います」

と待田が立って行った。ドアを開けると制服の警官が立っている。

「C地区の捜索を終りました」

と警官が報告する。

「何か収穫は？」

「何も発見できなかったそうです」

「そうか。では撤収させろ。——少ししたら戻る」

「分りました」

待田はドアを閉めて、戻って来ると、

「なかなか思う通りには行きません」

とため息をつきながらソファへ座った。

「大変ですな。相当な人数だが」

「よそからも来ているんです。それだけに、指揮を取るにも気を遣いますよ」

待田はふと思い出したように、「ああ、そうそう、例の雑貨屋に警官を置くという件、雑貨屋の主人にも了解させました。今はちょっとこの騒ぎで人手がないのですが、夕方までには一人都合しておきます」

「恐縮ですな、私一人のために」

「長い間税金を納めて来られたんですからね、当然の権利ですよ」

と待田は笑った。

「ゆうべ、ちょっと妙なことがありましてね」

と老人が言った。待田はほとんど飲み終えたティーカップを受け皿へ戻して、

「ゆうべというと、こちらへお送りした後ですか」

「そうです」

「誰かがうろついていたとか？」

老人は首を振って、

「そうではないのですがね、気が付いたのは今朝になってからです。裏にごみ捨て用の穴があったでしょう」

「はあ、憶《おぼ》えていますよ」

「誰かがあの辺を歩き回ったようでしてね」

「それは足跡か何かで……」

「いや、はっきり残っているわけではないのですが、明らかに地面が乱れているのです」

「そいつは妙ですな。——拝見しましょうか」

と待田は立ち上った。

「——この辺です」

老人は、穴のへりを指さした。風が強い。老人は首をすぼめた。

「ふむ……。よく分りませんがね」

と待田はかがみ込んで言った。

「いや、はっきりした跡はないんですよ。しかし、この辺が、ひどくぬかるんでいましてね、乾いた土を持って来て、少し高く盛っておいたんです。それが消えてしまっている。つまり、こんなにきれいになっているのが、おかしいのです」

「なるほど。——するとつまり、誰かが踏み荒した後で、ならしてあるというわけですね？」

「それも非常に巧みですな」

と老人が肯く。「外科手術の跡のようだ」

警官が一人、走って来た。

「警部、本部から無電で状況を報告しろと言って来ていますが」

「分った。少し待てと言え」

「はい」

待田は老人の方を見た。

「誰かがこの穴をいじった、というわけですか」

「分りません。たとえそうだとしても、何の目的があったのか」

老人は首を振った。「穴の中へ何かを埋めたのかもしれない」

「——例えば？」

老人は肩をすくめて、答えなかった。コテージの周囲をぐるりと回って戻りながら、

「お引き止めしましたな」

と老人は言った。

「いや。何かあればいつでもご一報下さい」

「ありがとう」

待田は風に髪をめちゃくちゃにされて顔をしかめた。

「少女暴行犯、板谷さんを殺害——おそらくそうでしょうが——した犯人、それにあの、署から逃げ出した男……。一人の人間かもしれないし、そうでないかもしれません。ともかく、あの男と、板谷さんを捜さなくてはなりませんな」

「これだけ捜して見付からないのでは……」

「いや、まだ捜していない場所はあります」

と待田が言った。

「ほう。どこです？」

待田は、視線を、草原の向うに広がる黒い森に向けた。

「手掛りが出なければ、あの森へ挑戦します」

「あそこを調べるのは大変でしょう」

「楽ではありませんね。昼なお暗し、ですから。しかし、犯人だけでなく、被害者の行方も分

らないのでは、放っておけません」

「頑張って下さい」

「どうも。——紅茶をごちそうさまでした」

待田は、ヘリコプターの方へと小走りに歩いて行った。

老人は、コテージの入口へ着くと、ヘリコプターのローターがゆっくり回転を始め、やがて唸《うな》りを立てて回転を早めると、機体がふわりと浮び上るのを眺めている。再び草原が押しひしがれたように波打ち、その風が老人の所にまで手を伸してきた。

ヘリコプターは垂直に上昇すると、そこからゆっくり旋回して、町の方へと飛び去って行った。ヘリコプターの爆音が遠ざかると、風の唸りが再び耳についた。

コテージへ入ると、台所から、男がそっと顔を出した。

「帰ったか？」

「ああ。——そんな風に顔を出すと見付かるぞ。夕方になってカーテンを閉めるまでは我慢していろ」

「分ってるよ。でもな、腹が減っちまったんだ、そう怒るな」

「怒りゃせん。——じゃ、昼飯にするか」

老人は台所へ入って行った。

夜になっても、風は勢いを弱めなかった。カーテンを閉めてあるので、男も、安心して居間に寛《くつろ》いでいた。

「おい、あれはどうしたんだ？」

と男が訊《き》いた。

「何だね」

「例のプレゼントさ。手首の後は何か来たのかい」

「そうか、知らなかったんだな」

と老人は言った。「今度は本物の毒蛇が送られて来たよ」

「毒蛇……」

男は一瞬、身をすくめた。

「苦手かい」

「蛇やトカゲの類《たぐい》はだめなんだ。――そうか、いないときでよかったぜ、卒倒するところだった」

「今度は手紙付きだ。読むか？」

「ああ、見せてくれ」

老人は腰を上げると、棚の引出しから、あの手紙を持って来て、男へ差し出した。男がそれを読み始める。

老人は台所へ入ると、インスタントコーヒーを作った。二杯作って、チラリと居間の方へ視線を走らせ、それから、食器を入れた棚の上から、救急箱をそっと下ろした。蓋《ふた》のバネが、音を立てないように、そっと開ける。

流しへ行って蛇口をひねり、水音をたてておいて、紙袋の中から、小さな緑色のカプセルを取り出した。カプセルを両手の親指と人差指ではさんで、ねじるようにして引張ると、カプセルが左右へ外れた。白い粉が、少しこぼれ落ちる。

老人は、コーヒーカップの一つに、カプセルの中味をあけた。スプーンで静かにかき回す。空になったカプセルをくず入れに放り込むと、救急箱の蓋を閉じ、元通りの場所へ戻した。水道を止め、それからふきんで、テーブルにこぼれた白い粉を拭《ぬぐ》い取った。

アルミの盆に、二つのカップを置いて、それを居間へ運んで行く。

「こいつは少しイカレてんだぜ、きっと」

ちょうど手紙を読み終えた男は、一枚目の便箋《びんせん》を見直しながら言った。

「そいつにそう言ってやりたいがね」

と老人はテーブルにコーヒーカップを二つ置いた。「しかし相手がどこの誰か分らんのでは言いようがない」

「しかし、こいつは本気であんたの命を狙って来るぜ。あんた、逃げた方が利口じゃないのか」

「逃げる、か。——どこへ？」

老人はソファに腰をおろした。「きっとどこまでも追って来る。逃げてもきりがないよ」

「誰か頼って行けるとこはないのかい？」

「誰かを頼れば、その人間にも危険が及ぶ。それはできないよ。——まあ、心配しないでくれ。

コーヒーが冷めるぞ」

「ああ、済まねえ」

男はカップを取り上げて一口飲むと、ホッと息を吐いた。

老人は自分のコーヒーをゆっくりと飲みながら、上目づかいに男の方をうかがっている。男が、一気にコーヒーを飲みほしてしまった。老人は微《かす》かに唇の端に笑みを浮かべて、自分もコーヒーを飲みほした。

## 2

老人は枕もとの時計を見た。——十一時を少し回っていた。

老人は眠らなかったらしく、ベッドから滑るように出た姿は、起きているときのままだった。

コテージの中は、当然のことながら、闇に包まれていた。老人が懐中電灯をつけた。光の輪が、居間へ踊るように投げかけられる。

老人は台所へ入って行った。台所の床を、光が音もなく這《は》って、毛布にくるまっている男を照らし出した。

老人は男に歩み寄ると、かがみ込んだ。

深い息づかい。男は少し口を開けたまま、深い眠りに落ちているらしかった。老人が、ちょっと微笑んで、それから立ち上った。

居間へ入ると、老人は窓辺に寄って、懐中電灯を消し、カーテンを少しからげた。

ほとんど闇夜に近かった。風は相変らず、唸りをたてて目に見えない舞いを舞っているようだ。老人はカーテンを戻した。

寝室へ戻ると、電気スタンドを持って来て、一旦《いったん》床へ置いた。それからテーブルを動かして、窓辺へ持って行く。電気スタンドをそのテーブルへのせた。懐中電灯をもう一度つけて、スタンドの差し込みを、コンセントへ入れる。それから、また寝室へ行くと、今度は毛布を持って来て、スタンドにかぶせた。

丸々かぶせるのでなく、スタンドの、室内へ向いた半面が隠れるようにした。そしてスタンドのスイッチを入れた。

ほのかな明りが室内を照らした。毛布をもう少し深くかけて、いくらかの明るさが洩《も》れる程度にすると、カーテンを少し開けた。スタンドが、その細い隙間へ来るように、位置をずらした。

「よし……」

老人は低い声で呟《つぶや》いた。

昼間以上に、風は勢いを増していた。

老人は、シャベルと懐中電灯を手に、玄関のドアを開けて出て来た。黒いコートをきて、襟を立てていたが、それで防ぎきれる風とも思えない。

老人は一瞬身を縮めたが、思い切ったように玄関のドアを閉めた。鍵《かぎ》をかけ、それからコートのポケットに入れてあった手袋を取り出して両手にはめた。柔らかい、布の、ぴっちりと貼りつくような手袋だ。

老人は、手袋をはめた手を握ったり開いたりした。指の一本一本が、素手のように、自由に動く。

手にはりつくような手袋。――手術用のゴム手袋が、もう一枚の皮膚のようだ。差し出された手。銀色の、磨き上げられたメスがピタリと置かれる。メスを持った手が、滑らかに動く。白い肌へ、メスが降ろされる。赤い糸を引いたような切り口から、見る見る血が溢《あふ》れ出る。

老人はシャベルを左手に、右手に懐中電灯を持って、風の中へと足を踏み出した。草原は、風の音が、その広がりを告げているだけで、ほとんど闇に閉ざされている。老人は森へ向って歩いていた。

少し行った所で、足を止め、振り返る。

コテージの窓に、電気スタンドの明りが、輝いていた。夜の深海の冥《くら》さの中で、その光は黄金色に見えた。

老人は光に背を向けて、再び歩き出した。風が唸り、コートは風をはらんでバタバタと音をたてた。

懐中電灯は使っていなかった。草原は、風で波打っていた。行く手に横たわるはずの黒い森は、夜の闇の中へ溶けて、見分けられなかった。

時折、老人は振り向いては、あの光が、はるか後方へ遠ざかっているのを確かめていた。

「もう少しのはずだ……」

老人の呟きは、老人自身の口の中にしか響かなかった。微かな囁《ささや》きなどは、風が吹き飛ばして行く。

横なぐりの強風に、よろけることすらあったが、それでも老人は次第に息を荒くしながら、進み続けていた。

——突然、森が目の前に立ちはだかった。森の暗さが、夜の闇は完全な闇でないことを教えていた。闇よりも更に深い、夜よりも更に分厚い暗黒が、そこに口を開いていた。

老人は一つ大きく息をついた。懐中電灯をつけると、一番手前の木の幹が、浮かび上った。老人が、幹の裏側へ回った。幹の、目よりも少し高い辺りに、刃物でえぐったような跡がついている。

「いい勘だ……」

老人は微笑んだ。——遠い夜の奥に、灯《とも》して来た黄色い灯が、小さく光っていた。

老人は森の奥へと足を踏み入れて行った。次の木からその奥の木へ、またその奥へ、と、幹にえぐった跡のある木を辿《たど》って、しかも、至る所に根のむき出しになっている所を行くのだから、ほとんど暗がりを手探りで行くのも同様の速度だった。

——森の中は、不思議なほど静かだった。風の唸《うな》りは、遠いこだまのようにしか聞えない。梢《こずえ》が頭上で時折ざわついたが、風は遮られて、森の中までは入って来られないようだった。

老人は途中で息をついて立ち止まった。

「こんなに遠かったかな」

と呟く。——懐中電灯の光だけが、この深い森の眠りをかき乱していた。

老人は気を取り直して、さらに、跡のついた木を一本、また一本と追って進んだ。

老人は足を止めた。

「——ここだ」

懐中電灯の光が照らし出した幹には「×」印の刻み跡があった。丸い光が地上へ落ちる。隣の木との間隔が、割合に開いているその間に、土がむき出しになっている場所があった。

老人は懐中電灯の輪を、枝の一つに通して、懐中電灯をぶら下げた。光は、ほとんど真下だけしか照らし出さなかったが、それでも、いくらかはその周辺に、ほの暗い光をにじませている。

老人はシャベルを手にすると、力をこめて、むき出しの土へと、叩《たた》きつけるように突き立てた。土に食い込む、ザッという音が、森の静寂を突き破った音のように聞えた。

一時間後か、それとも二時間後か。

老人は、再び幹の傷を頼りに、森から出た。そして……そこでしばらく立ち尽くしていた。

あの灯が、見えなかった。窓辺に置いた、電気スタンドの光。それが、見えないのである。

――闇はどこまでも闇のままだった。

方向を確かめるように、老人は森の方を振り返った。そしてもう一度、コテージの方向へ目を向ける。――なぜ、灯は消えているのか。

老人は、息を切らしていた。風は、ややおさまっているが、それでも、コートの裾《すそ》をひるがえして駆け抜けていく。

老人は、思い切ったように一つ深呼吸してから歩き出した。懐中電灯で足下を照らしながら、ともすれば疲れた足がもつれそうになる。

「帰りは遠いな……」

と老人は喘《あえ》ぎ喘ぎ、呟いた。

闇にも大分目が馴《な》れたのか、それとも、森の中にいたせいで、かすかな明るさを感じ取れるようになったのか、徐々に近付いて来るコテージの輪郭が、何となく判別できるようになった。窓は相変らず暗いままだ。

老人は、コテージの前へ着くと、立ち止って、周囲の様子をうかがった。――風の音、風が鳴らす、枝のもつれる音、茂みの揺れる音。

懐中電灯の光も、遠くへ届くはずもない。老人は、光をコテージのポーチへと向けた。

変った様子はない。コテージそのものは、ひっそりとして、静かだった。

段を踏んで、老人はポーチへ上った。シャベルを、玄関のわきへ立てかけると、鍵を出して、ドアの鍵穴へ差し込む。鍵を回そうとして、老人は戸惑った。鍵が動かないのだ。ノブを回してみる。ドアが開いて来た。

老人は素早く鍵を抜いてポケットへ入れると、手をのばして、シャベルをつかんだ。

ドアを細く開けたままにして、右手にシャベルを握り、左手に懐中電灯をつかんで、思わず唾《つば》を飲み込んだ。

足の先で、ドアをそっと開く。風に押されて、戻りそうになるのを、急いで身体で押えて、懐中電灯の光を室内へ投げかけた。

中は、静かだった。——老人は、明りのスイッチを手探りして、押した。明りが点《つ》かない。二度、三度、スイッチを入れたり切ったりしたが、点かなかった。

老人は居間へ入った。風で、ドアが音をたてて閉まった。ギョッとして、身を縮める。——しかし、それきり、また静寂が戻って来た。

老人は、油断なく、シャベルを握りしめたまま、懐中電灯の光で、居間の中を照らして行った。荒らされた様子もない。

丸い光が、床を滑る。——老人が息をつめた。光の中に、人形が転っていた。あの、送られて来た人形である。首が、ねじ切られていた。

老人はそろそろと室内を進んで行った。動く物の影もない。——窓際の電気スタンドはそのままだった。コンセントも差したままになっている。

安全器を切ったか、それともヒューズを外したのだろう。

老人は全身をこわばらせた。荒い息づかいが聞えた。背後に寄って来る気配がある。床をする足音と、押し殺したような喘ぎ。

すぐ後ろに、それは近付いていた。老人はシャベルを握りしめた。

懐中電灯を投げ出すと同時に、両手でシャベルの柄をつかんで、振り向きざま、水平にシャベルを振った。

ガン、と手応《てごた》えがあって、人影が倒れた。老人は喘ぎながら、シャベルを握りしめて、突っ立っていた。床に転った懐中電灯の光が、かすかに老人の足下を照らしている。床に倒れた人物の方は、ただ、黒々とした形しか、判別できない。

今にもはね起きて、飛びかかって来るのではないかと、老人は、身構えて立っていたが、一向に身動きすらしないのを見て、やがて、ふっと力を抜いた。

警戒しながらじりじりと後ずさりして、素早く懐中電灯を拾い上げる。

光が、倒れた人物の上へ落ちた。老人は息を呑《の》んだ。——あの男だ。ここにいた浮浪者ではないか！

「どうして……」

どうして声をかけなかったのか？　老人はその場に座り込んでしまった。だが——あの男だというのは、服装で分っただけで、顔は向うを向いていた。

別の男だとは考えられない。服装だけでなく、見た感じというものがある。

男は、死んでいるように見えた。老人は、懐中電灯の光を当てて、男の胸をじっと見つめたが、わずかでも呼吸している気配は全くなかった。

老人はよろけたが、立ち上ると、男から少し距離を保って、反対側へと回った。懐中電灯の光が男の顔に当ったとき、老人は一瞬目を見開き、そして急いで顔をそむけた。

男の顔は、跡形もなく、焼けただれていた。


老人はソファに座っていた。

居間には、もう明りが点いていた。男の死体には、毛布がかけられている。

老人はまるで眠っているかのように、顔を伏せ、身動き一つしなかったが、目ははっきりと見開いて、床の一点をじっと見据えていた。

電話が鳴り出して、老人はソファから弾《はじ》かれたように立ち上った。

二度、三度、電話は鳴った。老人は、思い切ったように受話器を取って、耳に押し当てた。

「もしもし」

低く、こもった声。「先生かね。——もしもし」

老人は一つ深々と息をついてから、言った。

「新条だ」

「ああ……先生。懐しいね」

「私は憶《おぼ》えていないよ」

「そうだろうな。手紙は読んでくれたかね」

「ああ」

「それならいい」

その声は無表情だった。「先生が憶えていなくても、こっちが憶えているからな」

老人は何も言わなかった。〈声〉は続けて、

「さっきご訪問したんだがね、お出かけだったようだね。どこへ行ってたんだ、この夜中に？」

「そっちには関係ないことだろう」

「そりゃそうだがね。そうそう、訪問はしたが、名刺の用意をしていなかった。それで台所に寝ていた人の顔に、ちょいと挨拶《あいさつ》の象徴《しるし》を残して来たから、受け取ってくれ」

「硫酸か？」

「塩酸だよ」

「ひどいことをするじゃないか」

「どうしたね、あの人は？」

「――死んだよ」

老人は、床の上の、毛布で覆った死体の輪郭に目をやりながら、言った。

「へえ。そいつは気の毒に」

〈声〉は、やっと少し感情らしいものを現して言った。「何かあったんだね」

「知ったことか」

「それもそうだ」

〈声〉は、微《かす》かに笑いを含んでいた。「塩酸は、先生のために持って行ったんだよ。だけど、まだまだ色々と手はある……」

「君は何者だ？　どこにいる！」

老人は激した声になって言った。

「焦ることはないよ」

〈声〉は、落ち着き払っている。「近々、また会えるからね」

「おい、聞け！　私は――」

老人は言いかけて言葉を切った。

「何か言いたいことでもあるのかね、先生？」

「いや……。君のような奴に何を言ってもむだだろう」

「かもしれないね」

〈声〉は、声にならない笑いを、息づかいで伝えて来た。「じゃ、先生……」

電話は切れた。老人は受話器をそっと戻した。チーンとフックが鳴って、静かな居間へと、その音が広がり、やがて消えて行った。

老人は、立ち上ると、首をねじ切られた人形を拾い上げた。

「お前を治してやれるかどうか、もう分らんぞ。――その前に私の首が胴から離れているかもしれんからな」

老人はそう言って、引きつったような、笑みを浮かべ、人形とその首を、元の棚へ戻した。

「──あの声を、どこかで聞いたような気がする」

老人は呟《つぶや》いた。毛布をかぶせた、死体を眺めながら、老人の額に、深く焦燥のしわが刻まれた。

「どこかで聞いたんだ。あの声……」

老人は頭を振った。

それから、死体を見下ろして立つと、疲れ切ったように、息を吐き出した。

電話をかけている男の、後姿が目の前にある。

「先生……また会おう」

こもった声が、そう言って、受話器を下ろす。その男が、振り向いた。目も鼻もない、のっぺりした白い顔に、口が裂け目のように広がって、ニヤリと笑った。

老人は目を開いた。

体が痛むらしく、低く、呻《うめ》き声を上げながら、寝返りを打つ。カーテンの隙間から、もう朝のものとは思えない光が射し入っている。

寝室の中も、ずいぶん明るくなっていた。枕元の時計を見ると、十二時を過ぎている。

「こんなに寝たのか……」

老人は我ながら呆《あき》れた、といった声を出して、「──ゆうべはよく働いたからな」

と自分を納得させるように言った。

台所へ入って行くと、

「今日からはまた一人分か……」

と呟いた。

ガステーブルにやかんをかけて、湯を沸かし、フライパンに油をひいて、温めてから、卵を落とす。――手慣れた、単調な作業だった。

熱いコーヒーをすすりながらラジオを点《つ》けたが、どの局も、ポピュラー音楽や歌謡曲ばかりだ。老人は肩をすくめて、無難なBGM風の音楽の流れている局で、チューニングを止めた。

食べ終るのを待っていたように、居間から電話の鳴るのが聞えて来た。老人は立ち上って居間へ急いだ。

居間は、昨夜のことが嘘のように、明るく、光に満ちていた。老人は受話器を取った。

「はい」

「あ、新条さんですね、待田です」

「やあどうも」

「お目覚めでしたか。――といっても、もう昼ですな」

「今、朝昼兼用の食事をとったところです。何かありましたか？」

「あまりいい知らせではないのです」

待田の声は、それでもさばさばしていた。

「板谷のことですか？」

「そうです。見付かりました」

老人は、窓の外へ目を向けた。

「──死んでいたのですな」

「そうです。刺し殺されていました」

「やり切れんことですな」

老人は、草原のかなたの、黒い森を、見つめていた。「──どこで見付かったのですか？」

「町外れの林の中です。そこから、二、三キロの所です」

「──奥さんはがっかりしておられるでしょうな」

「それはもう……。息子さんがついているので、まあ安心ですが」

「例の犯人の手掛りは？」

「今のところ皆無です。昨日もお話しした通り、あの森の捜索をする必要がありそうですよ」

「ご苦労なことですな」

「それで……誠に恐縮なのですが、板谷さんの死体を見ていただけませんか？」

「奥さんが確認したのでしょう？」

「ええ。ただ、最後にあの人を見たのは、そちらですので、服装などに変っているところはないか、といったところを……」

老人はちょっとためらってから、

「分りました。ああ……車を寄こしていただけますかな？」

「もちろんです。二十分後では？」

「結構」

老人は受話器を戻すと、窓辺に立って、遠い森を、じっと眺めやった。

「分らん……」

老人は、呟いた。

3

明るい午後の陽射しを浴びて、ローカル線の駅は、相も変らぬのどかさである。

駅員が欠伸《あくび》をした。

舗装されていない、でこぼこの道を、パトカーが一台、ガタガタと車体を揺らしながら、やって来た。

駅員が何事かという顔で、駅舎から出て来る。駅舎といっても、小さな小屋に過ぎないのだが……。

パトカーが停って、警官が降りて来た。

「やあ、久しぶりでねえか」

陽焼けして、じゃがいものような感じの顔をした駅員が相好を崩した。

「元気か？」

警官の方は、駅員より大分若いが、よく似ている。――兄弟、親戚《しんせき》の類《たぐい》の類似ではなく、同じ土地に生れ育った人間の、共通した雰囲気で似ているのである。

「何の用だ？」

と駅員が訊《き》いた。

「人を迎えにだ。――三十分の列車は予定通り来るんだろうな」

「今のところ、遅れるって連絡はねえ」

「じゃ大丈夫だな」

警官と駅員は、ホームへ上ると、古ぼけてすっかりペンキのはげ落ちたベンチに腰をおろした。

「犯人か何かか？」

「いや、そうじゃねえ。女の人だ」

「へえ」

駅員は大して関心もない様子だった。「――大変らしいな、山の方じゃ」

「大騒ぎだよ。こんなこたあ初めてだ」

「結局、また逃げちまうんじゃねえのか」

「分らねえな。――ともかく、今日か明日には、あの森を調べるんだ」

「森を？――そりゃ大変だな」

駅員が目を丸くして言った。

「全く、どうなることやら、だ。――そろそろ時間だぜ」

「ああ。そら、音が聞えて来たぜ」

「そうかい？」

警官が眉《まゆ》を寄せて、まるで何やら考えているような顔つきになる。

ややあって、線路に、低い呟くような音が伝わって来て、やがて列車の姿が見えて来た……。

「本当だ。さすがに長年やってるだけのこたあるな」

と警官は言った。

「何だ、出世しねえって皮肉か、そいつは？」

駅員がそう言って笑った。

ディーゼル機関車に引かれた列車が、ゆっくりと近付いて来た。

列車が停ると、三人の客が降りて来た。どれもこの土地の人間と分る。

「乗ってねえじゃねえか」

「確かにこれだと言われたんだがな……」

と警官は困ったように言った。

ボストンバッグを提げた女が一人、ホームへ降り立った。

「あれだ。――助かった！」

女は、二十四、五歳。都会的なスタイルだった。ホームに立って、どことなく不安そうに、駅の周囲を見回している。

遊びの旅や、仕事での出張とは違う、どこかとらえどころのない、頼りなげな雰囲気がある。なかなかの美人だが、やや線の細い感じ。その顔は、すでに老人のコテージの寝室の壁にあった写真で、見ているのである。

「失礼します」

警官が敬礼をして言った。「宮里久仁子さんでいらっしゃいますね？」

「はい」

「お迎えにあがりました」

「どうも……」

「荷物をお持ちしましょう」

「でも、大したことはありませんから」

「いやいや、どうぞ」

警官は、宮里久仁子のボストンバッグを持つと、「車がありますので」

と先に立って歩き出した。

列車が動き出した。――発車のベルが鳴るわけでもなく、静かなものであった。

「じゃあ、また」

と警官が駅員の方へ手を上げて見せる。

「ああ。かみさんによろしく言っといてくれや」

久仁子は、駅員と警官のやり取りに、ちょっと微笑んだ。警官はパトカーの後部座席のドアを開けた。

久仁子を乗せたパトカーは、細い道を走り出した。

「揺れますので、気を付けて下さい」

と警官が言った。

久仁子はボストンバッグを押えて、窓の外を眺めている。——ふと、警官の方へ、

「警察署へ行くんですの？」

と訊いた。

「いいえ、ちょっと離れていますが、宿の方へ……。一応ホテルとはいってますが、ありふれた旅館でして。待田警部が、よくお詫《わ》びしておいてくれとのことでした」

「待田さんという方には、いつお会いできるのかしら？」

「警部の方から、旅館へ連絡するとおっしゃっていました」

「分りました」

と久仁子は肯《うなず》いた。——少しして、警官が口を開いた。

「東京からおいでですか」

「ええ」

「列車がのんびりしとるので、苛々《いらいら》なさったでしょう」

「いえ、別に……」

久仁子は曖昧《あいまい》に呟《つぶや》いて、また窓の外へと目を向けた。

待田が、布をめくった。

老人は深く息をついて、首を振った。

「板谷に間違いありませんね」

と待田が言った。

「ええ、もちろん。──服装もあのときのままですな。細かいところまでは憶《おぼ》えていないが、大体こんなところでしたよ」

「そうですか。いや、ありがとうございました」

待田は布でまた死体を覆った。

「──奥さんたちは？」

「あちらの部屋に」

「そうですか」

老人はちょっとためらって、「まあ、こういうときは何を言っても慰めにはなるまいが……。一応お悔みぐらいは」

「そう願えますか」

二人は、昼間も、まるで冷たい雨の降る夜のように、冷え冷えとした感じの、廊下を歩いて行く。

光の弱くなった裸電球、ひび割れの走る壁、そこに二人の足音だけが響く。──待田はいつになく黙りがちだった。

「何かあるんですか」

老人が訊くと、待田は驚いたように足を止めた。老人の顔は、ちょうど影になって、メガネの縁だけが、白く光っている。

「なぜです?」

と待田は訊き返した。

「あなたの顔に、そう書いてありますよ」

老人は穏やかに言った。暗くなって、定かには分らないが、微笑んでいるらしかった。

「なるほど」

待田が、ちょっと苦笑した。「どうも刑事失格だな、こんなことでは」

「話して下さい」

「――妙なことがあるのです」

「というと?」

「犯人は、板谷さんを七回刺している。七回もですよ。――襲って車と金を奪うにしてはやりすぎだと思いませんか」

「なるほどね。七回か……」

「それに、もっとおかしいのは、財布がそのまま手つかずになっていることです」

「財布が……」

老人は呟くように、「血がついていて、使えなかったのではありませんか？」

「それは考えられます」

と待田は肯いて、「しかし、少なくとも、探って、取り出してみるぐらいのことはするのではないでしょうかね。その上で使えないと知って放り出して行くかもしれないが」

「全くその様子がないのですね」

「そうなんです。どうも分らない」

待田は首を振った。「それにもう一つ妙なのは、発見された場所は、殺人現場ではないということです」

「すると、どこか別の所で殺されて、運ばれた、と……？」

「血溜《ちだま》りがないのですよ。相当の出血があったはずだと、検死官は言っています」

「当然でしょうな」

「そうなると、なぜ犯人は死体を車ごと捨てなかったのか、疑問になって来ます。車と一緒に燃えてしまえば、少なくとも、多少は判別が難しかったろうし、しばらくは時間も稼げたかもしれない。それを、わざわざ死体を動かしておいて、途中で捨てて行くというのは、どう考えても妙です」

老人はゆっくりと肯いた。

「分ります。当然の疑問ですな」

「どうも単純な強盗殺人らしくなくなって来ましたよ」

と待田は言った。

「つまり……怨恨《えんこん》。言い換えれば、私が疑われている、というわけですな」

老人が言った。待田と老人の視線が、出くわした。待田はすぐに目をそらすと、

「あちらの部屋です」

と歩き出した。


「どうもご足労をかけました」

待田は老人へ礼を言った。

老人はパトカーに乗り込んで、

「いつでもおいで下さい。歓迎しますぞ」

と、微笑みながら言った。

老人の乗ったパトカーが走り去って行くと、待田は、もう一台のパトカーに乗った。運転しているのは、久仁子を乗せていた警官である。

「――予定通り着いたか？」

と、待田は訊《き》いた。

「はい。お送りしておきました」

「よし。やってくれ」

と待田は言った。パトカーが走り出す。ガタンガタンと車体が震動した。

「わざわざおいでいただいて申し訳ありません」

と待田は言った。

ごくありふれた日本旅館の一室。畳に正座した待田は、ちょっと窮屈そうに腰を動かして、

「もしよろしければ、足を崩したいのですが……」

「ええ、どうぞ」

久仁子は、思わず微笑んだ。

「すみません。足がすぐに痺《しび》れてしまうものですから」

「――東京の方でいらっしゃいますのね。父のことで、重要なお話というのは何でしょうか？」

と久仁子は言った。「私も子供を置いて来ておりますし、あまりゆっくりしてはいられないのですが」

「よく承知しております」

待田は肯いた。「実際、電話やお話だけで済むことでしたら、こちらから伺ったのですが、どうしても、こちらへ来ていただく他はないと思ったものですから」

「父に何か……」

「実は、私はあなたの叔父さんのことを調査しているのです」

「叔父の――」

「新条哲哉《てつや》。――死んだと言われていたのが、実は日本へ帰って来ていたというのは、ご存知

でしょうな」

久仁子は肯《うなず》いた。

「警察からご連絡をいただきました」

「そうですか。すると、そのことはお父さんもご承知ですね」

「はい。電話をしました」

久仁子の顔に不安が影を落とした。「では……叔父がこの近くに……」

待田は肯定も否定もしなかった。

「お父さんと、どれぐらいお会いになっていませんか？」

久仁子はちょっと戸惑って、

「父と、ですか。——父がこっちへ引っ込んでから、ずっと……。二年になります」

「その間、一度もお会いになっていないのですね？」

「はい。私も子供が生れたりして、とてもそんな余裕はありませんでした」

「なるほど。電話や手紙でのやりとりぐらいは？」

「ごくたまにはありました。でも……父があまり喜ばなかったのです」

「お父さんはいつも——というか、昔から、ああして孤独を愛するという性格でいらしたのですか？」

「昔は……確かに、みんなで騒いだりすることは嫌いでしたが、でも、人嫌いというほどではありませんでした」

「今はかなり……」

「すっかり気難しくなりましたわ。電話をしても、うるさそうですし、訪ねて行くと言っても、来てほしくない、と言って……」

そう言いかけて、久仁子はふと気付いた様子で、「板谷さんのことは何か分りまして？」

と訊いた。

「残念な結果になりました」

「というと……」

「死体になって発見されました」

「まあ、お気の毒な……」

と、久仁子は顔を曇らせた。

「殺されたのです。全く気の毒なことでした」

「犯人は捕まりまして？」

「今捜索中です」

待田は話題を元に戻して、「新条哲哉という男——あなたの叔父さんのことを呼び捨てにしてすみません」

「いいえ、あんな人ですもの、当然ですわ」

「私は当人にはもちろん会ったことがありません。写真ぐらいは見ていますが、写真の印象というのはいい加減なものですからね」

待田は少し間を置いて、「お父さんと新条哲哉は、よく似ていますか？」

久仁子は、どう言えばいいものかと、ちょっと思案していたが、

「そうですね。まあ……一緒にいれば兄弟と分るという程度には似ています。体つきとか、しゃべり方もどことなく似ていて。——そうなって来たんでしょうけれど」

「なるほど」

待田は肯いた。——やや間があって、

「警部さん。私をここへ呼んだのは、何のためですの？」

と久仁子は訊いた。

待田はしばらく迷っている様子だったが、やがて思い切ったように言った。

「あなたの目で確かめていただきたいのです」

「確かめる……。何をですの？」

「あのコテージに住んでいるのが、本当に、あなたのお父さんかどうかを、です」

と待田は言った。

コテージの前で、パトカーを降りると、老人は運転して来てくれた警官へ、

「ご苦労さん」

と声をかけた。

「失礼します」

若い警官は一礼して、パトカーを、Uターンさせ、道を戻って行った。老人は、ポーチの上り口に立って、パトカーが見えなくなるまで見送っていた。

コテージへ入ると、老人は、まず居間のカーテンを閉めた。それから明りをつけ、居間の中を見回した。

両手を腰に当てて、ゆっくりと、カメラが風景を写すときのように、三六〇度、眺め回す。

そして、首と体がねじ切られたまま棚に置いてある人形に、視線を止めると、

「お前を治してやる暇がなくなったよ――悪く思うな」

と声をかけ、ため息とともに、「ここも、静かな住いじゃなくなったよ」

と呟《つぶや》いた。

――布製の、少し大きめのボストンバッグを、老人は寝室の床に置いた。タンスから下着や着替えの服を選んで取り出すと、中へ入れる。コート、スリッパ、パジャマ、メガネの替え……。

日用品を一通りつめると、老人は、机の引出しの奥から、ボール紙の箱を取り出し、かけてあった輪ゴムを外した。中には、札束があった。一万円札の、百枚ほどの束が二つ、老人は、それをボストンバッグの中へ、シャツにくるんで底の方に押し込むと、バッグの口金をパチリと閉めた。

それから、ふと思い出した様子で、ベッドのマットレスの下へ手を入れて、肉切り包丁を取り出した。しばらく手にしたまま、どうしたものかと迷っていたが、やがて思い切ったように、

バスルームへ行って、タオルを取って来ると、それに包丁を丁寧にくるんで、バッグを開け、内側の、ポケットの中へと入れた。

「――さて、と……」

老人は息をついた。

時計を見ると、五時少し前になっている。居間へ行き、カーテンを少し開けて表の様子をうかがう。

すでに、山間《やまあい》は暮色濃く黄昏《たそが》れて、次第に夜の暗さへと移りつつあった。

「いい具合に、風もない。――夜の旅にはうってつけだ」

と老人は呟いた。

今日は、警官隊の姿もヘリコプターの姿もなく、草原も森も静かだった。

「もうすぐ暗くなる……」

老人は、台所へ行くと、ハムをパンに挟んで、冷たいミルクで腹へ流し込んだ。

「大分強行軍だぞ」

自分へ言い聞かせるように、口に出して呟く。ラジオのスイッチを入れたが、すぐに思い直したように切る。コップに残ったミルクを一気に飲みほして、大きく息をつくと、居間へ戻った。

表をもう一度覗《のぞ》いてみると、ほんの十五分ほどの間に、夜が降りて来ていた。ほとんど暮色は消え絶えて、草原のかなたの森も、今は黒い帯となって横たわって見えるばかりである。

「そろそろ出かけるか」

老人は呟いて、棚の人形の方へニヤッと笑いかけた。「死んだ後は火葬というのが決りだからな。ちょっと熱いかもしれんが、すぐに楽になるさ」

台所の方へ歩きかけた老人は、電話の音に、足を止めた。

4

老人は、電話が鳴るに任せて、台所へ入って行った。奥から、灯油のポリ容器を下げて、居間へ戻って来る。

電話は、一旦《いったん》、鳴り止んだ。

老人は寝室へ行った。ベッドのわきへ膝《ひざ》を着くと、ベッドの下へと両手を入れた。力をこめて引張ると、大きな毛布の包みが――あの男の死体をくるんだ包みが、ズルズルと、引出されて来る。

老人は立ち上ると、毛布の端をつかんで、その包みを居間へと引きずって行った。居間の中央に来ると、老人は手を離して息をついた。――また電話が鳴り出した。

老人はややためらって、それから受話器を上げた。

「もしもし、お父さん？」

「久仁子か」

「――元気？」

「ああ」

老人は、何気なくそう言ってから、「どこからかけているんだ？」

「旅館よ」

「旅館？」

「近くまで来ているの。車を借りて、そっちへ行くわ」

老人は言葉を失って受話器を握りしめた。

「今から出れば、二十分ぐらいで着くって、旅館の人から聞いたわ」

「待て、待ちなさい」

老人は急いで言って、「夜道は危険だ。板谷のようなこともある。夜はいかん」

「子供じゃないわ、大丈夫よ」

「いや、しかし……私が明日そっちへ行く。それならいいだろう」

「心配しないで。お父さんを、そこから引張り出すような真似はしないから。じゃ今から出るわ」

「宮里君も一緒か？」

「そのつもりだったけど、仕事で来られなかったの。私一人よ。美子はあちらのお母さんがみててくれてるから。――だから、私も明日の昼頃には帰りたいの。今夜でないと、ゆっくり話もできないわ」

「久仁子、どうして突然――」

「会ってゆっくり話すわ。それじゃ後で」

久仁子は電話を切った。

老人は大きく息を吐き出した。受話器を戻すと、ゆっくり首を振る。

「ぐずぐずしちゃおれん」

老人は、台所へ行くと、マッチ箱を取って来た。ソファにかけておいたコートを着ると、ポケットへマッチを入れ、手袋をはめる。

灯油の容器を手に、まず寝室へ入って、ベッドへ灯油をふりかける。油の匂いが充満した。

「こっちまで火だるまになっちゃかなわんからな」

自分にふりかからないように、用心しながら、床へ灯油を少しずつ流す。寝室を出ると、台所へ入り、床へ灯油をまいた。

「さて、と……」

居間を見回して、老人は一旦灯油の容器を置くと、ちょっと考え込んだ。そして、ソファやテーブルを壁際まで押し付けると、ポリ容器を手に、灯油を、部屋の壁際に沿って流して行った。絨毯《じゅうたん》が敷きつめてあるので、油はたちまち吸い込まれて行く。

部屋の半ばほどで、灯油はほぼ空になってしまった。

「残りはお前だ」

老人は、毛布に包まれた死体の方へ声をかけた。「どうせ私じゃないことは、調べればすぐに分るだろうが、多少なりとも時間が稼げる」

老人は、容器を置くと、油の匂いに少し顔をしかめた。——ふと、何かの物音が、老人の耳を捉《とら》えたらしい。

窓辺に寄って行くと、カーテンをからげて、外を見た。——じっと耳を傾け、暗い夜の中へ目をこらす。

「気のせいか……」

と呟くと、窓から離れたが、それでも、何か気になるのか、窓の方を振り向き振り向き、死体を包んだ毛布の方へ戻って行った。

「もしかすると……」

老人は、もう一度、窓の方へ向いて、耳を澄ましながら、呟いた。

死体を包んでいる毛布が、動いた。毛布がはね上るように開いて、伸びた手が老人の足首をぐいとつかんだ。

老人は声を上げて転倒した。

「何だ！　何だ！」

老人は這《は》うように床を転って、身体を起こした。

毛布の包みから、男が立ち上った。——あの浮浪者ではない。

その男は、手にしていた制帽を、膝で叩《たた》いて、それから頭にのせた。

「今晩は、先生」

電話の声が、挨拶《あいさつ》した。——老人が、見たことのある顔だった。

郵便配達だ。

老人は、しばらく床に座ったまま、息を弾ませていた。

「久しぶりですね、先生」

「そうか……。どこかで聞いた声だと思ったんだ。この前、呼鈴が鳴らないと言って、入って来たな」

「あのときは失礼しました」

郵便配達は微笑んだ。

「君がそうだったのか……」

「小包だって消印だって、いくらも細工できますからね」

のっぺりとした、特徴のない顔の男だった。「私を憶《おぼ》えちゃいないでしょうね」

「ああ。――患者の親まで憶えてはおられんよ」

老人はそう言うと、ゆっくり立ち上った。「あの死体はどこへやった？」

「ポーチの下ですよ」

と郵便配達は言った。「埋めるのは面倒だから、放っておきましたがね」

老人が動こうとすると、郵便配達は、

「動かないことですな」

と言った。――拳銃《けんじゅう》が黒い冷たい光を放っていた。

「そんな物をどこで手に入れた？」

と老人は訊《き》いた。

「何年も前に、横須賀《よこすか》でね。娘の復讐《ふくしゅう》です。——いつかこうして使うことがあるだろうと思いまして。安くはありませんでしたが、全財産を使い果したって構わない。一年前にここへ来たんですよ。先生がここにいらっしゃると知りましてね」

郵便配達は淡々とした口調でしゃべった。「しばらく働いてから、郵便局に勤めるようになりました。好きなときに先生の様子を見に行けますし、ね。——もっとも先生は人嫌いになって、さっぱり出て来られませんでしたな」

「拳銃などというものは、当らんものだよ。分っているのかね？」

と老人は言った。

「いきなり撃てばそうでしょうね」

郵便配達は肯《うなず》いた。「ですが、弾丸も充分に買ってありましたのでね、配達の途中、あの森に寄っては、よく練習したものです。決して外しませんよ」

「木を撃つのと人間を撃つのは違うよ」

と老人は言った。

「罪の意識に駆られながらやるのなら、そうでしょうね。しかし私は違う。これは当然の刑の執行です。先生のように、罪もない子供を殺して平気でいるというのとは、訳が違いますよ」

「私を殺すつもりか」

「ただ殺してはね。——娘は体を切り刻まれて死んだんですよ」

「手術をしただけだ」

「私もそのつもりで来ました」

郵便配達は、左手でポケットを探ると、銀色に光るメスを取り出した。「使ったことはありませんがね。よく切れそうです」

「お前はまともじゃない！」

老人の額に、汗がにじんで来た。

「そうですとも。しかし、先生も、色々と秘密をお持ちのようだ」

「何の話だ」

「どうしてここへ火をつけて逃げ出すんです？　私を恐れてのことじゃない。それなら何も、身替りの死体を焼く必要もない。訪ねて来たお友達を殺すこともないでしょう」

老人は目を見開いた。

「お前か！　板谷の死体を——」

「穴から引き上げましたよ。大変な手間だった。そして遠くへ運び、捨てたんです」

「何のためだ？」

「先生が、あの男を刺し殺した晩、私はこの近くに隠れて様子を見ていたんですよ。ここに誰か別の人間がいると気が付いていましたからね。その男は、ちょうどやって来た男の車に乗って、行ってしまった。そして先生が、男の死体をあの穴へ捨てるのを、見ていました」

　郵便配達はちょっと間を置いて、「――私は商売柄、警察にも出入りしますのでね。ちょうど、あの穴を調べるために準備をしているのを、小耳に挟んだのです」

「なぜ死体を――」

「先生が警察に捕まったのでは、こちらも困るんですよ。目的を果せなくなりますからね」

「それで死体を動かしたわけか」

「その通り。――ですから礼を言っていただくには及びませんよ」

「言うもんか」

　老人はいまいましげに言った。

「さて、あまりのんびりしていても、油くさくて閉口ですね」

「撃てばお前も火だるまさ」

「そうは思いませんね。灯油はそう簡単に燃えやしない」

「気化すれば引火する。この部屋にはもう充満してるぞ」

「それならそれでも構いません。どうせ私だって生きているつもりはないんですからね」

　郵便配達の言葉は、ごく当り前の、世間話でもするような調子だった。

「いいか、後悔することに――」

「後悔はこの四年間、ずっとして来ましたよ」

　と郵便配達は少し強い口調で遮った。「あなたにうちの娘を任せたことをね。――これから何をするか分りますか、先生。弾丸は五発入っている。一発は右手、一発は左手に撃ち込む。

右足と左足にも、不公平にならないように一発ずつ。動けなくなったところで、メスであなたを切り裂いてやる！」

徐々に激昂《げきこう》して来て、声がかん高くなる。目にギラついた光が溢《あふ》れた。

老人のこめかみを汗が伝い落ちて行った。

「お前は間違ってる！」

「そうですかね。医者は間違ってもいいのかい？　人を殺しても罪にゃならねえのか？」

「そうじゃない」

老人は顎《あご》の震えを必死に押えようとしながら、言った。「人違いだ」

「馬鹿げた言い逃れはしなさんな」

と郵便配達は冷笑した。

「言い逃れじゃない」

「じゃ、娘を殺したのは、別の医者だとでもいうのかい？」

「私は医者じゃない」

と老人は言った。「お前の言う医者は、私の兄だ」

「──突然の思い付きかね」

「違う。新条幸造はここにはいない。──私は弟の哲哉だ。よく似ているし、兄は白衣に手術着だったから、お前にも分らんだろう」

「じゃ、当の先生はどこへ行ったのかね？」

「あそこだ」

老人は窓の方へチラリと目を向けた。

「あそこ?」

「森の中さ。私が殺して、埋めた」

郵便配達はちょっと呆気《あっけ》に取られたように、老人を眺めた。

「こんな馬鹿げたでたらめは聞いたことがないな」

「本当だ。私がただの医者なら、なぜ、あんな逃亡犯をかくまったり、訪ねて来た友人を殺すと思う。――友人が私を見ればすぐに正体が知れる。殺す他はなかったんだ」

老人の声は、やや落ち着きを取り戻していた。

「信じられんね。なぜ兄を殺す?」

「私のことは知らんのか?――私は麻薬の売買に係ってヨーロッパへ逃げた。しかし戻って来たんだ。二年前にな。ちょうど兄はここへ引きこもったばかりだった。そこで私は兄と入れ替って、ここに落ち着くことにした。ここなら、まだ町の人間も、兄をよく見知っていない。もともと兄は孤独な性格で、それほど付き合う相手もあるはずがない、と思った。私が訪ねて来ると、兄は驚いた。それはそうだろう。私はヨーロッパで死んだことになっていたからな。しかし、兄はお人好《ひとよ》しでね。私を中へ入れ、背中を向けた。私は隠し持っていたスパナで兄を殴り殺した。――そして入れ替ったんだ」

老人の淀《よど》みない言葉が、郵便配達を動揺させていた。

「いつまでも隠し通せるとは思っていなかったさ」

と老人は言った。「兄の娘や、知人がやって来れば終りだ。しかし、電話や手紙なら、ごまかせる。声はよく似ているし、長距離だ。文字の方は、麻薬を手に入れるので、よく兄の筆跡を真似たからな」

「二年間も、ごまかしていた、っていうのか?」

「そうとも。立派なもんだろう、ええ?」

老人は微笑んだ。「どうせいつかは知れる。だが、逃げ回る生活をしている人間にとって、一年も二年も、怯《おび》えて暮さずに済むってのは、奇跡みたいなもんさ。そのためになら、親だって殺す」

「あんたの方がおかしい!」

「かもしれん。ともかく私はお前の狙っている相手じゃない。——どうするんだ。それでも私を殺す気か?」

老人は一歩踏み出した。

「止れ!」

郵便配達は拳銃《けんじゅう》を持ち直した。

「撃つなら撃て。だが、間違った相手を殺して、自分も焼け死ぬのは馬鹿らしくはないか?」

立場は逆転していた。老人の方が、相手を見下ろしているようだった。郵便配達は、明らかに迷っていた。

「――あんたの言うことが本当だと、どうして分る」

老人は苦笑した。

「信じないならそれでもいい」

郵便配達は唇をなめた。老人が、ふと思い付いたように、

「そうだ。じゃ、一つ見せてやるものがある」

と、ボストンバッグへ手をのばした。

「おい、何をする！」

と拳銃を持った手を突き出す。

「落ち着けよ。兄の写真がある。それを見りゃ、お前も思い出すさ。そして私が違う人間だと分るはずだ」

老人は構わずにバッグの口を開いて、内側のポケットを探った。タオルにくるんだ肉切り包丁を、バッグの中で取り出す。

「おかしいな。ここへ入れたはずなんだが……」

「おい、妙な真似を――」

郵便配達が近付いて来る。

玄関のチャイムが鳴った。一瞬、郵便配達が玄関を振り返る。老人の手が素早く動いて、郵便配達の胸を下から突き刺した。

郵便配達が目を大きく見開いた。老人が、左手で、相手の拳銃を持つ手を押える。

包丁が深々と胸を抉《えぐ》った。血が溢れ出る。拳銃が発射された。——炎が舞い上った。

玄関のドアが開いた。

久仁子が飛び込んで来る。そして、胸に包丁を突き立てた男が、ゆっくりと崩折れるのを見て凍りついたように立ちすくんだ。

老人が久仁子を見た。二人の視線が合った。

「宮里さん！」

外から待田の声がした。「出なさい！　外へ！」

老人が、郵便配達の手から拳銃を奪い取ると、久仁子へ向って走った。

炎が部屋を囲むように燃え上った。

久仁子を左手で抱きかかえると、老人は、玄関へ出た。

待田と数人の刑事たちが走って来る。老人は拳銃を向けて引金を引いた。待田たちが一斉に地面へ伏せる。

「退《さ》がれ！」

と老人は怒鳴った。「遠くへ離れろ！　この女を殺すぞ！」

と銃口を、久仁子の頭へ押し当てる。

待田は立ち上ると、他の刑事たちへ後退の合図をした。刑事たちが茂みの方へと駆け出した。

待田も振り返りながら退がる。

ポーチの前に、車があった。

「これに乗って来たのか?」

と老人は言った。

「ええ」

「乗れ。私が運転する」

久仁子を乗せ、老人は拳銃をベルトに挟んで運転席に乗った。エンジンが唸《うな》りを立て、車は林の中の道を走り去った。

待田が茂みから飛び出して来る。手にトランシーバーを持っている。

「待田だ。コテージの前へ、至急だ!」

と呼びかけて、コテージを見た。

コテージは、すでに窓から炎を吐き出していた。炎に包まれ、焼け落ちるのは、数分の内だろう。

爆音が近付いて来た。

ヘリコプターがコテージから少し離れた草地へと降下する。待田は、

「車で追え!」

と刑事たちへ命令して、自分はヘリコプターへと走った。

「車で逃げた! 追ってくれ」

飛び込むように乗り込むと、ベルトを締める。ローターの回転数が増して、ヘリコプターが夜空へと浮かび上った。

待田は息を弾ませながら、眼下の道を辿《たど》って目をこらした。

「そう遠くには行っていないはずだ」

「この道なんですね？」

「そうだ」

「それならすぐに追い着きますよ」

と、操縦士が肯《うなず》く。

「――あれだ」

と、待田が言った。車のライトが、上空からもはっきりと見えた。

「どうします？」

「人質を取っている。同じ速度でくっついて行ってくれ」

「了解」

ヘリコプターは少し高度を下げて、車のほぼ真上に来て、速度を落とした。


久仁子が、音に気付いて天井を見上げた。

「ヘリコプターさ」

と老人が言った。

久仁子は、老人を見て、言った。

「なぜ逃げるの！　お父さん！」

「私が板谷を殺したからだ」

老人は言った。「警察も感付いている」

「警部さんは、叔父さんがお父さんと入れ替っているんじゃないかと思っているわ」

「そうか。――待田という男は、頭がいい」

老人は言った。「そう思わせておこう。世間にもだ」

「お父さん――」

「聞いてくれ。私は哲哉も殺したんだ」

「叔父さんを？」

老人はハンドルを慎重に動かしながら、言った。

「あいつは、私を殺しに来た。――ここへ移って半年もしない頃だった。私を殺して、コテージに私のふりをして住むつもりだったのだ。だが、私もあいつのことはよく分っている。油断しているように見せておいて、夕食を出してやった。スープに睡眠薬を入れておいた。――眠っている間に絞め殺して、死体はあの森に埋めた」

「なぜ殺したの？　警察へなぜ――」

「私も人殺しだったからだ」

久仁子は愕然《がくぜん》として、車の前方へ目を向けた。老人は続けた。

「私はお前の母さんを殺した」

「でもあれは手術で――」

「私がやってはいけなかったんだ」

老人は車を走らせながら、言葉を続けた。暗い、曲りくねった、木立ちの間の道が、ライトの中に浮かび上っている。

「あの頃、少し前から私はおかしくなっていた。何でもない手術で、女の子を死なせたりした。さっき私が殺した男の娘だ。――忘れていた。そのすぐ後に、妻を死なせてしまったから、そのショックで、すっかり忘れていたんだ」

「――おかしくなった、っていうのは？」

「悪夢に悩まされるようになったんだ。しかも、くり返し、くり返し、それを見る。――白い肌を切り裂いて、血が迸《ほとばし》る。それに陶然と見とれているんだ」

「ただの夢でしょう、それは」

「時折、突然意識が薄れるようになった。気が付くと、何分間かたっている。その間の記憶が、途絶えているんだ。――万一、手術中にそうなったらどうするか。それを考えたら、メスは握れなかった。しかし、そう決心するまでに、しばらくかかったんだ」

久仁子は青ざめた顔で、訊《き》いた。

「お母さんのときは、どうだったの？」

「分らん。失敗しても、不思議はない、難しい手術だったが……後でいくら考えても、分らんのだ」

「それじゃ……板谷さんをなぜ殺したの？」

「板谷はお前の母さんの恋人だった」

久仁子は目を見張った。

「――嘘だわ！」

「それは本当だ」

老人は静かに言った。「だから、余計に、母さんの手術に失敗したとき、怖かったのだ。わざとしくじったのかもしれない、という気がしたのだ」

急なカーブが目の前に迫った。ブレーキがきしんで、辛うじて車は曲り切った。

「板谷も、私が二人の仲を察していることを知っていた。あの後、私を避けていたのは、私が母さんを殺したのではないかと疑っていたからだ」

「それならなぜお父さんを自分の病院へ招《よ》んだりするの？」

「あれは口実だ。板谷は私を殺しに来たんだ」

老人は言った。「板谷は、雑貨屋から、私に電話をして来た。――私は、来るなと言ってもむだだと分ったが、もう一度、雑貨屋へ電話をかけてみた。板谷は出たばかりだった。私は板谷が何か買ったかと訊いてみた。あいつはナイフを買っていた……」

「お父さん――」

久仁子は、じっと前方を見据えていた。「お父さんが人殺しだなんて……」

「私はお前の父親じゃない」

と老人は言った。「いいか、私は哲哉で、兄を殺して、すり替っていたんだ」

「お父さん、そんな──」

「聞きなさい。あのコテージの裏に穴が掘ってある。その底に、森から運び出して来た、哲哉の死体がある。もうほとんど白骨化している。──警察に言うんだ。叔父が父を殺して、すり替っていた、と。死体はずっと森にあったが、警察が森を捜索するというので、そこへ移したんだ。あの穴はもう警察が調べているから安全だと思った。──ともかく、お前が証言すればあの警部も信用する」

「お父さんはどうするの」

「私か。──逃げるつもりだった。もう少し、一人で暮していたかった。しかし、こうなってはもう無理だ……」

「警察へ行って話せばいいわ。あの警部さんなら分ってくれるわ」

老人は少し間を置いて、言った。

「それだけじゃない。──私がこっちへ移って来てから、この近くで、少女が何人も殺されている」

「それが……」

「私がやったのかもしれん。そうではないかもしれん。──分らんのだ。自分のしていることが分らない。こんなに恐ろしいことはない……」

老人は車のスピードを落とした。「私が捕まれば、その事件についても、当然追及されるだろう。――私のために、お前も、宮里君も、美子も、何と言われるか分らん。私は犠牲者でいた方がいい。二年前に殺されたことにした方がいい」

老人は車を停めた。――ヘリコプターが、一旦《いったん》車を追い越して、また戻って来ると、頭上に静止した。

「ここでお前は降りなさい」

と老人は言った。

「どうするつもり?」

「この先に崖《がけ》がある。そこから車ごと落ちれば、たぶん爆発して丸焼けになるだろう」

久仁子が目を閉じた。老人は微笑んだ。

「心配するな。拳銃《けんじゅう》がある。落ちる直前に頭を打ち抜くから、苦しみはしない」

老人は手を伸ばして、久仁子の側のドアを開けてやった。「さあ、降りるんだ」

久仁子は弱々しく肯いた。

「早く降りるんだ。パトカーが追いついて来るぞ」

久仁子が表へ出る。老人はドアを力一杯閉めると、すぐに車を走らせた。

久仁子が何か叫びかけたときには、もう車はずっと遠ざかっていた。

ヘリコプターが車を追って飛んで行く。

久仁子は、傍の木にもたれて、そっと息を吐き出した。――遠くから、激しい破壊音と、それに続いて爆発音が聞こえて来ると、久仁子は目をつぶった。

# エピローグ

寒々とした、灰色の空の下で、コテージの焼跡は、まるで燃え尽きた白骨のように見えた。

「──きれいさっぱり焼けちまったな」

と刑事の一人が言った。

「おい」

とたしなめるようにもう一人が言った。

待田に伴われて、久仁子が歩いて行った。

コテージの裏手の、深い穴の周囲に、刑事や作業員たちが集まっていた。

「どうだ?」

待田は声をかけた。

「今、それらしい包みを見付けました」

と刑事の一人が答えた。「引き上げるところです」

「よし」

ロープが投げ込まれ、穴の中に入っていた作業員が、それを結びつける。

「あなたはご覧にならない方が——」

と待田は言った。

「いいえ、大丈夫です」

と久仁子は言った。「そのために来たんですから」

「後で署の方で……」

「いいえ。——医者の娘です。ある程度は慣れていますから」

「なるほど。しかし、もう二年近くということになると、おそらくは……」

「白骨になっているでしょうね。何か持物でもあれば」

包みが引き上げられた。

「ここにいらして下さい」

と待田は言うと、その方へと歩いて行った。人が取り囲んで、包みが開けられる。

久仁子は、焼け跡と、そこを調べている警官たちを眺めていた。

「——宮里さん」

待田がハンカチの上に何か品物をのせて、やって来た。

「何かございました？」

「腕時計がありました。見憶《みおぼ》えがおありですか？」

久仁子は、泥に汚れた腕時計を見た。手に取って、しばらく見てから、

「——よく分りませんけど、こんな時計を持っていたことがあるような気がします」

と、曖昧《あいまい》に言った。

「そうですか。まあ、一応ご確認いただいたということにしましょう。──お気の毒なことでした」

「恐れ入ります」

久仁子は軽く頭を下げて、「火葬の手配はしていただけるでしょうか?」

と訊《き》いた。

「地元の警察に言っておきましょう」

「よろしくお願いします」

待田は焼け落ちたコテージを眺めて、

「お父さんの遺品もこれでは何も残っていそうもありませんね」

とため息をついた。

「叔父は父と板谷さん以外にも、人を殺していたんでしょうか?」

「昨日、ここで殺された男──郵便配達をしながら、あなたのお父さんを狙っていたのですね。あれはまあ……正当防衛と言えるかもしれないが。それに浮浪者で、少女暴行の容疑をかけられていた男の死体も発見されました。──実をいいますと、ここ二年ほど、何人かの少女が殺されていましてね。その犯人がもしかすると……」

「叔父かもしれないと?」

「今となっては立証も難しいのですが」

久仁子は表情を殺したまま、ゆっくり歩き出した。

「東京へはいつ戻られますか」

と待田が訊いた。

「主人には電話で連絡しました。今日こちらへ着くはずです」

「それはよかった。――こちらも、早くお帰りになれるように手を打ちましょう」

待田はパトカーの所まで来ると、「お父さんはどんな方でした？」

と訊いた。久仁子が答えずにいると、

「待田警部」

と刑事の一人が走って来た。

「やあ、どうも。色々お世話になりましたね」

と待田は言った。

「実は今連絡がありまして」

地元署の刑事が、息を弾ませながら言った。

「何か？」

「例の少女暴行殺人の犯人らしい男が捕まったということです」

待田は目を見張った。

「確かですか？」

「女の子にいたずらしようとして捕まったそうで、どうもそれらしいことを口走っているということです」

「——それが犯人だといいですな」

「色々お手数をかけましたが、巧《うま》く行けば、これでゆっくり眠れそうですよ」

と刑事は言って、ニヤリと笑った。

待田はパトカーのドアを開けた。

「——宮里さん」

久仁子は、焼跡の方をじっと見ていた。

「はい」

と振り向く。

「旅館へお送りします」

「すみません」

久仁子はパトカーへ乗り込んだ。「警部さんは——」

「私はもう少しここにおります。後で旅館の方へご連絡を入れます」

パトカーが走り出すと、久仁子はゆっくりと座席にもたれた。

ほとんどそれと分らないほどの微笑が、その顔に浮かんでいた。

——灰色の空の下に、人々が忙しく動き回っている。黒い森が、永遠の沈黙を守る巨大な番犬のように、静かにうずくまっていた。

# 解説

郷原　宏

野菜や果物に旬があるように、作家にも食べごろの時期というものがある。その時期は、もちろん人によって違うだろうが、日本の作家の場合は、だいたいデビューしてから五―十年目ごろが一番味がいいようである。おそらくそのころに、作家の技術と気力が最も理想的に調和するからだろう。

赤川次郎氏は、最近の推理作家のなかではずば抜けて年齢が若いせいもあって、いまだに「新鋭」とか「ホープ」とか呼びならわされているが、デビュー作は昭和五十一年（一九七六）の第十五回「オール讀物」推理小説新人賞を受けた『幽霊列車』だから、早いもので、作家生活も間もなく七年目を迎える。デビュー七年目といえば、作家としてはいまが食べごろ、旬の真っ盛りである。

おそらくそのせいで、このところ毎月二冊の割合で量産される赤川作品は、どれを読んでも例外なくしっとりと脂がのっていて、相当の食通でもまず期待を裏切られることがない。過去にもっとたくさん書いた作家、もう少し凄味《すごみ》のある小説を書いた作家はいたかもしれないが、その作品の水準の高さとバラエティの豊富さにおいて、赤川氏の右に出る作家はちょっと見当たらない。これは日本推理小説史上の一つの「事件」だといっていいだろう。

それでは、この「赤川事件」はなぜ起こったか。私は前にその理由を戦後推理小説史の第四世代に当たる赤川氏の位置に求め、次のように書いたことがある。

《日本のミステリーはもともと反現実的な異端の物語から出発した。これは犯罪実話からスタートした欧米の逆を行っているように見えるが、途中参加の後発ランナーにはよく見られる現象である。それが戦争を通過することによって現実にめざめ、やがて昭和三十年代の社会派ミステリーに至って現実に直通することになった。しかし、四十年代に入ると再び現実を追い越して物語を回復し、五十年代には完全に一周先回りしてしまった。比喩的にいえば、現実に対するこの物語の優位が赤川氏のユーモアを生み出すのである。したがって、それはもはや方法や工夫の問題ではなく、いわば文化の問題である。そして、その文化が赤川氏の個性をつくりあげたのだとすれば、赤川氏のユーモアは文字通り今日的な文明批評なのだといってよい》

（角川文庫「悪妻に捧げるレクイエム」）

「赤川事件」の真相は戦後ミステリーの伝統のなかにあり、その本質は要するに文化の問題だというこの情勢認識は、基本的にはいまでも変わらない。文化の問題でなければ、赤川氏の作品が今日これほど熱狂的に若い読者層に迎えられる理由はつかめないといってもよい。そしてついでにいっておけば、文学でも演劇でもスポーツでも、新しい時代をつくりだす才能は、つねに例外なく文化の問題である。

だが、個人の才能をすべて文化の問題に還元してしまうのは、やはりちょっと無理だろう。

その個性や才能が文化的な伝統と現実の相関関係のなかから生み出されるのは確かだとしても、同じ環境におかれれば誰でも同じ作品が書けるというものではない。才能にはつねに同時代の文化水準から食《は》み出すところがあって、その食み出した部分こそが個性なのだということもできる。

赤川次郎氏は、引き出しも多ければ食み出しも多い作家であり、それがその作品のバラエティをつくり出しているといっていいが、その食み出し部分の特徴をひとことでいえば、想像力の突出ということである。これは前述した「物語の優位」と別のことではないのだけれど、赤川氏の想像力は容易に現実の壁を突き破って、読者をこの世ならぬもう一つの世界へと拉致《らち》してしまう。そして、このもう一つの世界こそが、実は私たちのほんとうの世界なのではないかと思わせるほどのイメージ喚起力を備えている。想像力が作家の武器だというのは、おそらくそういうことであり、その意味で、赤川氏はいかにも作家らしい作家だといえるかもしれない。

しかし、赤川氏の想像力のありようは、同時代の他の作家のそれとは、いくぶん様相を異にしている。たとえば社会派と呼ばれる作家たちの想像力は、現実を直視しようとするあまり眼光が紙背を突きぬけて、その向こう側に現実のネガとしての架空の共和国を形成しているおもむきがあるが、赤川氏にはこのような苦渋の色はない。もっとノンシャランで、もっと野放図で、ちょうどその分だけ自由な解放感がある。現代の大方の読者は、小説に人生の縮図を求めるかわりに、おそらくこの解放感を求めているはずだから、赤川氏の想像力は、まさに現代人向きだといえるだろう。

また、たとえば本格派と呼ばれる作家たちの想像力は、現実をひとまず度外視して、数学的な論証の精密化に向かう傾向がある。これはおそらく最もオーソドックスな推理作家の思考法であり、推理小説をパズルとして楽しむオーソドックスな読者に豪奢《ごうしゃ》な慰安のひとときを約束してくれるが、どんなに精密な論証も、一台のマイコンがつくり出す迷路にはかなわないという、現実の側からの重大な脅威にさらされている。おそらくそのせいもあって、欧米ではこの思考法はすっかりすたれてしまったが、日本ではなおミステリーの主流の座を保持している。

赤川次郎氏は、どちらかといえばこの主流派に属しているが、その小説作法は決して保守的でもなければ反動的でもない。しばしば本格派の綱領を無視して他党派へ遊びに出かけるし、時には綱領そのものを戯画化してしまう。第一、本格派の本流であるためには、その作風はあまりにもユーモラスで、自由奔放でありすぎる。にもかかわらず、あるいはむしろそれゆえに、赤川氏の書くものは、読者にとってはつねに第一級のミステリーであり、本格派のエンターテインメントなのである。

それでは、この「事件」の謎をとく鍵《かぎ》はどこに隠されているのだろうか。そんなのは要するに作家の才能の問題じゃないか、といわれてしまえばそれまでだし、事実そのとおりなのだが、私はそれをいい意味での遊びの精神に求めてみたいと思う。赤川氏の作品を十冊以上読んだ人ならご存知のように、この作家は遊びの名人である。小説のなかで自由に遊び回るだけでなく、小説を書くこと自体を遊びにしてしまっているようなところがある。だから、読者は赤川氏の作品を読むとき、いつでも作者といっしょに遊んでいるような気分にさせられてしまうのだ。

こんな気分にさせてくれる作家は、世界中さがしてみても滅多にいないだろう。

赤川氏自身も、そのへんのことを自覚してか、かつてあるところで「趣味は小説を書くことです」と語ったことがある。これもファンならすでによくご存知のように、赤川氏は外国映画やクラシック音楽に造詣《ぞうけい》が深く、懐しの名画に題名と題材をとった『血とバラ』(角川文庫刊)という連作ミステリーを書いているほどだが、高校時代には勉強そっちのけで、ひたすら小説書きに熱中していたという。

小説読みに熱中したという話なら、ミステリー・ファンなら誰しも覚えがあるところだし、詩人や歌人という種族は、おおむね高校時代からの投稿少年のなれの果てだといっていいが、小説書きに熱中したという話はあまり聞いたことがない。それも他に趣味のないネクラ族ならいざ知らず、赤川氏ほど多芸多才な人が一人で小説を書いていたというのは、ちょっと意外な感じがする。

しかし、考えてみれば、これは少しも意外なことではないので、赤川氏は処女作のころからすでに完成された作家であり、当代一の人気作家になったいまも、ある意味では大変初々しい奇特な作家である。その完成は高校時代からのたゆまぬ習練の賜物であり、その初々しさは小説を趣味にするところからきたものだと考えれば、すべてに納得がいく。趣味として小説を読む多くの読者が赤川次郎の作品を支持するのは、決して理由のないことではないのである。

さて、この『黒い森の記憶』は、雑誌「野性時代」の昭和五十六年（一九八一）五月号から八月号まで四回にわたって連載され、同年十二月、角川書店から四六版単行本として上梓《じょうし》された。黒い森のはずれの山荘に世間を捨てて隠棲《いんせい》した一人の老外科医と、その周辺に巻き起こる数々の怪事件を描いて、人間心理の不可解さを追求した異色のサスペンスである。

注意深い読者ならもうお気づきのように、題名の「黒い森」は、老人の住む場所を示すとともに、彼をそこへ追いやった「記憶」の森の深さをも暗示している。したがってこの作品は、そこで何が起きたかという現象的な興味だけでなく、何が彼をそうさせたかという心理的な興味でも読ませるようになっており、その二つが森のなかで一つにとけ合って異様な緊迫感を盛り上げている。スリルとサスペンスといえば、この種の作品につけられる常套《じょうとう》形容句だが、ここには常套を超えたほんもののスリルとサスペンスがある。それはまさに旬の味である。

赤川次郎はいつ読んでも楽しいが、やはり新しいうちに読むのに越したことはないだろう。作家に旬があるように、読者にもおそらく味覚の旬といえる時期があって、これはその時期に読むのにふさわしい作品だからである。

本書は一九九七年四月に小社より刊行された角川ホラー文庫を改版したものです。

なお、この作品はフィクションであり、登場する人物・団体等はすべて架空のものです。

# 黒《くろ》い森《もり》の記《き》憶《おく》

赤《あか》川《がわ》次《じ》郎《ろう》

昭和58年 1月25日　初版発行
平成30年 12月25日　改版初版発行
令和6年 5月15日　改版4版発行

発行者●山下直久

発行●株式会社KADOKAWA
〒102-8177　東京都千代田区富士見2-13-3
電話　0570-002-301（ナビダイヤル）

角川文庫 21335

印刷所●株式会社KADOKAWA
製本所●株式会社KADOKAWA

表紙画●和田三造



●お問い合わせ
https://www.kadokawa.co.jp/（「お問い合わせ」へお進みください）
※内容によっては、お答えできない場合があります。
※サポートは日本国内のみとさせていただきます。
※Japanese text only


ISBN 978-4-04-106597-6　C0193

# 角川文庫発刊に際して

角川源義

第二次世界大戦の敗北は、軍事力の敗北であった以上に、私たちの若い文化力の敗退であった。私たちの文化が戦争に対して如何に無力であり、単なるあだ花に過ぎなかったかを、私たちは身を以て体験し痛感した。西洋近代文化の摂取にとって、明治以後八十年の歳月は決して短かすぎたとは言えない。にもかかわらず、近代文化の伝統を確立し、自由な批判と柔軟な良識に富む文化層として自らを形成することに私たちは失敗して来た。そしてこれは、各層への文化の普及滲透を任務とする出版人の責任でもあった。

一九四五年以来、私たちは再び振出しに戻り、第一歩から踏み出すことを余儀なくされた。これは大きな不幸ではあるが、反面、これまでの混沌・未熟・歪曲の中にあった我が国の文化に秩序と確たる基礎を齎らすためには絶好の機会でもある。角川書店は、このような祖国の文化的危機にあたり、微力をも顧みず再建の礎石たるべき抱負と決意とをもって出発したが、ここに創立以来の念願を果すべく角川文庫を発刊する。これまで刊行されたあらゆる全集叢書文庫類の長所と短所とを検討し、古今東西の不朽の典籍を、良心的編集のもとに、廉価に、そして書架にふさわしい美本として、多くのひとびとに提供しようとする。しかし私たちは徒らに百科全書的な知識のジレッタントを作ることを目的とせず、あくまで祖国の文化に秩序と再建への道を示し、この文庫を角川書店の栄ある事業として、今後永久に継続発展せしめ、学芸と教養との殿堂として大成せんことを期したい。多くの読書子の愛情ある忠言と支持とによって、この希望と抱負とを完遂せしめられんことを願う。

一九四九年五月三日

# 角川文庫ベストセラー

**禁じられたソナタ**（上）（下）　赤川次郎

祖父の臨終の際、孫娘の有紀子は「決して弾いてはならない」という〈送別のソナタ〉と題する楽譜を託される。遺言通り楽譜をしまったはずだったが、有紀子の周りでは奇怪な事件が起こりはじめ――。

**いつか他人になる日**　赤川次郎

ひょんなことから、3億円を盗み、分け合うことになった男女5人。共犯関係の彼らは、しかし互いの名前さえ知らない――。それぞれの大義名分で犯罪に加担した彼らに、償いの道はあるのか。社会派ミステリ。

**さすらい**　赤川次郎

日本から姿を消した人気作家・三宅。彼が遠い北欧の町で亡くなったという知らせを受けた娘の志穂は、遺骨を引き取るため旅立つ。最果ての地で志穂を待ち受けていたものとは。異色のサスペンス・ロマン。

**君を送る**　赤川次郎

〈染谷通商〉の幹部会で、社長の提案した新規事業への参入に反対したとして、営業部長・矢沢の首が飛んだ。入社した頃から世話になっていた深雪は矢沢の送別会をやろうとするが、やはり前途多難で……。

**ハムレットは行方不明**　赤川次郎

大学生の綾子がたまたま撮った写真の中に、行方不明だった教授の息子が写っていた！　そこから巻き起こる新たな殺人事件……シェイクスピアの『ハムレット』の設定を現代に移して描いたユーモアミステリ。

# 角川文庫ベストセラー

天使と悪魔③
## 天使は神にあらず
赤川次郎

落ちこぼれ天使と悪魔の地上レッスン三。さて今回は、欲にあふれた新興宗教の総本山で自分とそっくりの教祖様の代役を務めることになったマリ。ここは天国それとも地獄？

天使と悪魔④
## 天使に似た人
赤川次郎

地上研修に励む〝落ちこぼれ〟天使マリの所に、突然大天使様がやってきた。善人と悪人の双子の兄弟が、天国と地獄へ行く途中で入れ替わって生き返ってしまった！

天使と悪魔⑤
## 天使のごとく軽やかに
赤川次郎

落ちこぼれ天使のマリと、地獄から叩き出された悪魔のポチ。二人の目の前で、若いカップルが心中した！　直前にひょんなことから遺書を預かったマリ。父親に届けようとしたが、TVリポーターに騙し取られ。

天使と悪魔⑥
## 天使に涙とほほえみを
赤川次郎

天国から地上へ「研修」に来ている落ちこぼれ天使のマリと、地獄から追い出された悪魔・黒犬のポチ。奇妙なコンビが遭遇したのは、「動物たちが自殺する」という不思議な事件だった。

天使と悪魔⑦
## 悪魔のささやき、天使の寝言
赤川次郎

人間の世界で研修中の天使・マリと、地獄から成績不良で追い出された悪魔・ポチが流れ着いた町では、奇怪な事件が続発していた。マリはその背後にある邪悪な影に気がつくのだが……。